星の息子

サバイバー・ギルト

藤村　邦

Fujimura Kuni

文芸社

星の息子

——サバイバー・ギルト

ずっと、何かを置いてきたままだった——

一

起きているのだろうか、寝ているのだろうか。記憶の断片からなる残映が瞼《まぶた》の奥に立ち上がってくる。陽炎《かげろう》のゆれる水平線、潮風の吹く防波堤、シャッターの閉まった酒場、床に転がった酒瓶。

残映は胸に無数の穴を空け、吸った空気が出ていってしまう。呼吸の速度が増し、心臓の鼓動が耳の奥で大きくなる。無数の穴は融合し巨大な一つの穴となり、闇の世界に全身を引きずり込んでいく。その力から逃《のが》れるためには光が必要だった。手探りでシェードランプの紐《ひも》を引っ張り、明かりをつけた。

隣のベッドには背中を向けて眠っている麻奈美《まなみ》がいた。

震える手でサイドテーブルの引き出しから錠剤を取り出し、置きっ放しで氷の解けてしまった水割りと一緒に飲み込んだ。すぐに、みぞおちの奥が暖かくなり、胸に空いた穴は塞《ふさ》がっていった。

明かりを消すと再び眠気がやってきた。

瞼の上に光を感じる。

「早く起きなさい、朝練なんでしょ」

「ママ、私のシャツが乾いてないの」

「中三なんだから、自分でアイロンかけなさいよ」

麻奈美と子供たちの会話が隣の部屋から聞こえてきた。

私はゆっくりと目を開けた。サッシ越しのベランダには、猛暑の一日を予感させる強い朝日が落とす濃い色の影が見える。ベッドを降り、ハイビスカスとセフリジーが並んで置かれたベランダに出て思いきり息を吸い込むと、夏の空気が肺の奥まで入ってきた。眼下には駅へと真っ直ぐ延びる国道、その南側には公園の木々の緑が広がる。

ダイニングでは、エプロン姿の麻奈美が、高二の祐太《ゆうた》と中三の優理《ゆり》の弁当を詰めていた。

「ねえ、私のプリント知らない？　どこに行ったんだろ」

優理はダイニングと自分の部屋を行ったり来たりしながら、学校に持っていくプリントを探している。祐太は私を見ると「おっはよう」と言って洗面所に行った。二人とも部活動の練習があるため、私よりも朝が早い。

イタリア製の白いダイニングテーブルには厚切りトーストがのった皿があり、横に朝刊が置いてあった。子供たちの皿には、二人がいつも残すパンの耳と、使い終えたフォークがのっていた。

椅子に座り、厚切りトーストにバターを塗って端からかじった。

「また夜中に目が覚めたみたいね。薬に頼るのはよくないって、叔父さんが言ってたわよ」

私が深夜に一度起きたことは、開けっ放しの引き出しから知ったのであろう。

「ああ」

トーストを食べながら適当に返事をした。

深夜の発作はこのマンションに引っ越してきてから起こるようになった。鎌倉で開業医をしている麻奈美の叔父にのどの奥から尻の穴まで二日間かけて診《み》てもらったが、体に異常はなかった。叔父は精密検査の診療代と引き換えに「これでも飲んでみたらどうだ」と安定剤を寄越《よこ》した。小さな白い錠剤を、今ではすっかり頼りにしている。

「プリント、あったぁ」と優理の大きな声が聞こえた。

「じゃあ、行ってきます」

「行ってきまあす」

二人の声がして、ドアが閉まる音がした。

「祐太が塾を変えたいって言ってるのよ。医学部を本気で考えはじめたみたいなの」

「あいつの成績じゃ国立は無理だろ。私立に入れるほど、うちには金がないじゃないか」

焼きすぎて薄っぺらになったベーコンは、なかなかフォークに刺さらない。

「おじいちゃんが、学費は援助する、私立でいいから医者にしろってうるさいのよ」

「自分の夢を孫にたくすわけか」

ベーコンを手でつまんで奥歯で噛んだが、旨味はすっかり抜けていた。

子供たちの進学先は、ほとんど麻奈美と麻奈美の両親が決めてきた。小学校から私学育ちの麻奈美は、同じように二人の子供を都内でも名の知れた私立小学校に入学させた。その選択は麻奈美の両親の意向でもあった。大学受験にも両親の意見が入り込むことにはいい気持ちがしなかったが、反対する理由がどこにも見あたらない。関係が悪くなるのも面倒だ。

新聞の社会面を見ると、『子育てに悩む母親、二歳の子を絞殺』という見出しの記事が出ている。親が子を殺し、子が親を殺す、そんな記事ばかりが最近は目につく。鬼のような形相で首を絞める母親。幼児の目には母親の顔はどのように映るのか。すぐに新聞を閉じた。

「おじいちゃん、前立腺の手術をしてから心細いみたいなのよ。鎌倉の家の周りって坂ばかりでしょう。年寄りには住みづらいのよね」

コーヒードリップにお湯を注ぎながら麻奈美が言った。

「それなら、早くこっちに引っ越してきてもらったらどうだ」

テレビを消して、適当に返事をした。

七十歳を越えた麻奈美の両親は、週に一回、湘南新宿ラインのグリーン車に乗ってこの大宮にやってくる。以前から麻奈美は、両親を大宮に連れてきたいと言っていた。麻奈美の父が息子の学費を工面《くめん》してくれるなら、こちらに引っ越してくるのも悪い話ではない。

アイロンが効いた白いシャツにアルマーニのネクタイを締め、紺色のスーツを着て、十三階にある４ＬＤＫの部屋を出た。シャツもネクタイもスーツも麻奈美が揃えたものだ。麻奈美は私の体型を知りつくしており、私に似合う服やネクタイを買ってくる。

マンションの玄関を出ると、いつもの鬱陶《うっとう》しい朝の風景が目に入ってきた。このあたりはここ数年で急速に開発が進んだため、新しいマンションが多い。朝七時を過ぎると、大小さまざまなマンションからサラリーマンが出てきて、一本の道で合流する。同じようなスーツを着て、同じ方向に向かって、同じような表情をして歩いていく。私はさながら戦場の兵士の行進のようなこの群れの中に埋没するのが耐えられなかった。

真っ直ぐ歩いていけば十分で駅に着くが、十五分余計にかかる公園の中の道に入った。

公園には赤松の林があった。そこから排出された酸素で公園全体の空気が澄んでいる。生い茂る松葉が日ざしを和《やわ》らげてくれる。朝の公園には人が少なく、木々の間を抜けた陽光がボート池の水面に反射して輝き、砂利《じゃり》敷きの遊歩道を歩くたびにザッザッと音がする。池の前のベンチには、夏なのにジャンパーを着て、汗と汚れで形の崩れたスラックス、素足に黒い靴を履き、髭《ひげ》と髪が伸び放題の男が横になっていた。歳は六十歳前後だろうか。私は週に三回、朝の同じ時間にその男を見かける。

後ろから早歩きの足音が近づいてきて、私を追い越した。この時間に必ず出会う青年だ。ヘッドホンをつけ紺色のデイパックを背負い、髪を結んだ青年も行進に入りたくない一人に違いない。私は彼の後を追うように早歩きをして公園を抜けた。

新宿行きの埼京線のホームはいつものように激しく混んでいる。

後ろから強引に押されるようにして、冷房の風と香料のにおいの充満する電車の中に乗客が納められた。吊り革につかまり、後ろから押されながら車窓から見える景色をボンヤリ眺めた。この電車には自分と同じ地方出身者が何人乗っているのだろう。もしも、岩手県の人は手を挙げてくださいと駅員が言ったら、一つの車両でどれくらいの人が手を挙げるだろうか。

「新宿、新宿です」と放送が入った。

埼京線のホームから駅の構内へと続く階段を駆け上がった。構内の人混みをくぐり抜けて歩くには速いリズムが必要だ。それは、スローなジャズではなく軽快なロックだ。そのリズムを一度外すと、前から歩いてくる人や横切る人にぶつかってしまう。西口を出て都庁方面を目指した。

私が勤務する製薬会社の西東京支店は西新宿のオフィスビルの三十三階にあった。

大きな窓からは、新宿駅とその奥の歓楽街が見渡せる。

入社した年はバブルの絶頂期で、仕事のほとんどは医師の接待であった。医師たちは製薬会社をあてにしていて、一晩で数十万、時には百万円を超す製薬会社の金が医師のための酒や高級料理に変わった。当時、私たちの仕事はプロパーと呼ばれていたが、バブルの終焉《しゅうえん》で過剰接待が規制されるとその名は消え、医薬情報担当者、通称MRと呼ばれるようになった。国からは製薬会社が宴会を企画する際に医薬品の説明会を行うことが義務づけられた。製薬会社の多くは合併や吸収の波に呑まれ、同僚の多くは会社を去った。私の会社は、入社してから社名が二回変わり、一年後にはドイツ系企業との三回目の合併が決まっている。

五年前に米国で新しい抗精神病薬が開発されると、製薬業界はにわかに活気づいた。次々と新しい薬が発売されてどの会社も売り込みに躍起《やっき》になり、MRが大病院や中小医院の精神科に足を運ぶ回数は倍以上に増えた。MRの多くは午後になると担当区域内の病院に挨拶《あいさつ》回りに赴《おもむ》く。医師との交流を絶やさず、自社製品を使ってもらうのが仕事だ。

綾部達彦《あやべたつひこ》と名前の入ったアタッシュケースを机の上にのせ、訪問先の病院に持参する新薬のパンフレットや副作用情報の冊子を詰めていると、後ろから肩を叩かれた。振り返ると同僚の瀬川健一《せがわけんいち》が立っていた。縁《ふち》なし眼鏡《めがね》から細い黒縁に変えたことで、幾分いやらしさが減って知的に見える。

「新しい派遣社員が来たぜ、また飲みに行こうな」

「そのうちな」

瀬川とは同期で、入社当時から二十年近くの腐れ縁だ。

「綾部、今日は俺が東和《とうわ》大に行くよ。お前は他を頼む」

瀬川は、その日の担当病院を先に決めてしまった。

「じゃ、俺は佐伯《さえき》病院に行くことにするか」

「また、あの美人女医が目当てだろ」

瀬川は私の行動に勝手なラベルを貼るが、その無神経な態度にもすっかり慣れてしまった。私と瀬川の担当区域は練馬と板橋に点在する、精神科を標榜《ひょうぼう》する病院や医院、そして大学病院である。担当する病院のほとんどが、街の中心から離れたところに建っていた。

一九五〇年に精神衛生法が施行されると、精神障害者の私宅監置《したくかんち》が禁止された。それまで家で隠れるように暮らしていた精神障害者を、病院に収容することが義務づけられた。抗生剤の開発により結核《けっかく》患者がいなくなり、結核病院の多くは経営維持のために精神科の病院として建てかえられた。そこに自宅で過ごしていた患者の多くが収容されたのである。当時の患者は、今でも入院している。

午後一時、私は瀬川と一緒に会社を出た。

佐伯病院は東武東上線のときわ台駅から十五分ほど歩いたところにある。ときわ台駅前は高齢者が多いように見えるが、数えたわけではないので実際のところはわからない。

照り返しの強い国道沿いの歩道を歩いているとすぐに首筋に汗が流れてきた。少し前を、茶色の紙袋を持って頬被《ほおかむ》りをした老婆が、杖《つえ》をつき腰を九十度近く曲げて小さな歩幅でよれよれと歩いている。見守るように後ろをついて歩いていくと若者が私の横を走り抜けていき、持っている鞄《かばん》が老婆にあたった。転びかけた老婆は杖でなんとか体を支えたが、持っていた紙袋が落ちて缶詰や菓子袋が路上に散らばった。若者は振り返りもせず走っていく。

「おい、待てよ！」

声をあげたが若者には届かなかった。その背中を目で追いながら、落ちた鮭《さけ》缶とせんべいを紙袋に入れて老婆に返した。

「すみません」

老婆は頭を下げ、すぐに歩きだした。私は十メートルほど歩いたところで引き返した。

「それ、持ってあげますよ」

紙袋を持ってあげ、なんとか老婆の歩くペースで歩くようにした。杖を一回ずつ前へ出すタイミングに合わすと、老婆の歩調とピッタリ合った。

「ここに寄りますから、もういいです。ありがとごぜえます」

老婆はコンビニの前に来ると、頭を下げて店に入っていった。私を避けているようにも思えた。東北弁のイントネーションが私の胸に小さな穴を空けた。

商店街を抜けた先の木立《こだち》の下に、佐伯病院がある。ダークブラウンで塗られた四棟がロの字のような配置になって、その中央が中庭になっている。医局、院長室、外来がある外来棟だけが三階建てで、後の三棟は二階建てである。外来は去年に改築したばかりだ。自動ドアを抜けると左手に受付があり、右手の壁には街の風景が描かれた大きな絵が飾られている。

突然、タクシーが止まる音に続いて若い女性の怒鳴《どな》り声が聞こえてきた。外に目を移すと、男が、もがく少女の手を無理に引っ張ってタクシーから出て病院に入ってきた。

「早く、自分で歩きなさい」

「いまさら父親面《づら》しないでよ。もう死ぬんだから、ほっといてよ。あんたに何がわかるのよ。あんたが病院に入ればいいじゃないの」

痩《や》せた少女は体に似合わない大きな声で怒鳴っている。

「はら、ここで靴《くつ》を脱ぎなさい」

男がスリッパを少女に渡そうとして腕の力が緩んだ瞬間、少女は男から離れ、右手で男の顔を叩いた。男の眼鏡が床に落ち、レンズが割れた。

男が手をとると、少女はもう一方の拳《こぶし》で激しく男の顔面を殴った。中年の太った看護師が診察室から出てきて「あらあら、どうしたの」と声をかけると、少女の怒りは幾分和らいだ。男と看護師が少女を挟《はさ》んで待合室の長椅子に座らせた。二人に押さえ込まれた少女は「何すんだよ、放せよ、ばかやろう！」と大声をあげた。待合室の患者は皆、黙っていた。痩せて背の高い男は私と同じくらいの歳で、少女は優理と同じくらいだった。

「これ、受付に渡しておきますから」

割れたレンズと眼鏡を拾って男に言った。男の表情はまだ怒りに満ちていて、私は視線を外した。

受付の女性に社名と名前を告げて三階にある医局に向かった。「医師室」と書かれた小さなプレートが貼られている茶色のドアをノックしたが、返事はなかった。医局の前の廊下でしばらく待つことにした。

窓から他の病棟と中庭が見える。中庭には三本の銀杏《いちょう》の木が立っていて遊歩道にちょうどいい具合に木陰をつくっていた。眺めていると、一階から聞こえていた少女の大きな声はいつのまにか聞こえなくなった。

私が佐伯病院の担当になったのは七年前。当時、病院はまだ北板橋病院という名前だったが、そのうち経営に行き詰まって理事会と院長が対立し、結局院長が辞職した。理事会は後任を探したが見つからなかった。理事の一人が無理を承知で、同窓会を伝《つて》に横浜の国立病院で副院長をしていた佐伯康夫《やすお》に声をかけると、予想に反して簡単に院長を引き受けた。その病院を知る誰もが佐伯の神経を疑った。臨床能力の高さや経歴から国立病院の次期病院長になることが有望視されていた佐伯が、人格の荒廃した入院患者が多くを占め、職員は不足し、経営状態も破綻《はたん》している古くさい私立病院の院長を引き受けた理由は誰にもわからなかった。

赴任当時から佐伯には独特な雰囲気があった。小柄だが筋肉質、彫りの深い浅黒い顔、そして左の頬に三センチほどの傷痕があり、視線は鋭かった。白衣を脱いで繁華街を歩いていればスジ者と間違われるような風貌だ。私が製薬会社に入社した時に、「精神科医には変わり者が多いので気をつけろ」と上司から言われたが、最初に出会った時の佐伯の雰囲気はまさにその「変わり者」に近かった。

佐伯の若い頃の噂《うわさ》がＭＲの間に飛び交ったことがある。医学部のインターン制廃止を叫ぶ声に端を発した全共闘運動が終盤を迎えていた一九六九年、五百人近い学生が安田講堂に立てこもり、放水車、投光車、防石車、ヘリが出た。安田講堂の屋上からは火炎瓶が降り、国家権力との全面決戦となったが、そこから脱出した革マル派の幹部を「敵前逃亡だ」と罵倒《ばとう》して最後まで立てこもり抵抗を続けた学生の一人が佐伯だという噂だ。顔の傷はその後の抗争でやられたのだという。

佐伯が赴任すると病院名はすぐに佐伯病院に変わった。佐伯は病棟を急性期・回復期・高齢者・デイケアと機能分化させ、人格荒廃の進んだ患者を高齢者棟に移して積極的に若い患者の治療を引き受けるようにした。急性期棟で一ヶ月治療した後、回復期棟で二ヶ月治療して早期退院させるという、今ではどこの精神科も使うようになった診療システムを作ったのは佐伯である。佐伯の熱意と努力で病院は勢いを取り戻していった。佐伯は住宅街という地の利を考えてデイケアと外来部門に力を入れ、病院は三年後に黒字になった。臨床能力の高い佐伯の噂は地方の医大にまで伝わり、研修医たちが集まるようになった。

日ざしが幾分和らいできた。腕時計を見ると午後三時である。この時間になると、医師たちは一通りの仕事を終えて医局に戻ってくる。

二人の男女の話し声が階下から聞こえてきた。階段を上ってきたのは女医の赤坂《あかさか》と副院長の安田《やすだ》である。赤坂は長い髪を無造作に頭の上にまとめ、ボタンの開いた白衣をひらひらさせていた。口髭をはやした安田は、プロレスラーのような大きな体を左右に揺らしながら肩で息をして、小さな白いハンカチで汗を拭きながら「エレベーターが欲しいな」と言った。

「お疲れさまです」

私はいつものように頭を下げて挨拶をした。

「綾部さん、遠慮しないで医局に入って待っていていいのよ」

赤坂が言った。

「失礼します」

二人の後から医局に入った。それぞれの医師に割りあてられた机は雑誌や本が乱雑に置かれ、副院長の安田の机だけが整然としていた。少し離れたミーティングスペースの色褪《いろあ》せた茶色のソファに安田が座り、リモコンでテレビのスイッチを入れた。赤坂はテーブルの前の椅子に座った。安田は、ザッピングして新しいニュースがないことを知ると、テレビを消した。それを待って赤坂が質問した。

「柳瀬《やなせ》さんの処方どうしますか」

「副作用が気になるな」

「別の非定型薬に切りかえましょうか」

「精神症状は改善しているから、このまま、もう一週間だけ様子をみるか」

「明日のオーダーは継続しておきますね」

赤坂は立ち上がって白衣を脱ぎ、大きなクリップ状の髪留めを外すために両手を後ろに回した。ピンクのシャツごしに豊かなバストの形が目に入る。クリップが外れると長い髪がサラリと背中まで下り、甘いにおいが周囲に拡散した。そして髪を再び上手にまとめて留め直すと、もう一度椅子に座り、テーブルの上の医師会雑誌をめくりはじめた。安田はもう一度テレビをつけ、つまらなそうな表情でワイドショーを見ている。

十分ほどたった時、男性看護師がカルテを持って、赤い顔で医局に駆け込んできた。

「さっき入院してきた子、他患を殴っちゃいましたよ。今もナースステーションで騒いでいます。どうしましょうか」

「しょうがないな、隔離室を使うか」

安田は立ち上がり、大きく背伸びをした。天井に手が届きそうである。赤坂はネックレスとイヤリングを外し、白衣を着て前のボタンをしっかり留めた。二人は覚悟したような表情になり、勢いよく医局を飛び出していった。

医局に一人残された私は、ホワイトボードの救急医療担当日の表を眺めていた。二人が使った「隔離室」という言葉が私の耳に残った。しばしば耳にするが実際に見たことはないため、さまざまな空想が湧き上がる。痩せた少女が大きな安田に取り押さえられ、牢屋《ろうや》のような部屋に入れられる。悲鳴があがる。閉じ込めて鍵をかける——

ガチャンとドアが開く音がした。

「よお」

佐伯であった。ブルージーンズに黒いポロシャツ、その上によれよれの白衣を着ている。

「お疲れさまです」

頭を下げて挨拶をした。

佐伯は、さっきまで副院長がいたソファに座って足を組むと、目の前に置いてある夕刊を開いて読みはじめた。

七年前に比べると、佐伯の髪はすっかり薄くなった。それだけ互いに歳をとったのだ。しかし、体全体から発散されるエネルギーに衰えはない。佐伯はこのソファが好きらしく、若い医師を相手に話をすることが多い。私は、かつて佐伯が若い医師たちに語った言葉を思い出していた。

「精神医学は医学の文科系だ、その意味において精神科医は自然科学信奉者の医者ではないな」

「だいたい、診断なんてものは本来必要ないんだよ。人の心は一人ひとり違うんだかららな」

「精神科医はなあ、自己愛の傷つきに強くなければいけない。患者から感謝をもらおうと思うと失敗するんだよ」

多少乱暴にも聞こえたが、経験からくる独特な響きがあり、どの言葉も重かった。

私は佐伯の座る横で、アタッシュケースを左手に持って立っていた。五分ほどすると、ケーシースタイルの白衣を着て白い診療用ズボンをはいた、まだ二十代と思われる小柄で角刈りの研修医がやってきた。何かの武道をやっていたような姿で、上下の白衣が道場着のようだ。

「院長先生、川村さんですが、どうしたらいいですか。もう退院できると思うんですよ」

佐伯は鬱陶しそうに角刈り研修医に視線を向けると、答えた。

「彼女は息子夫婦と同居していたな。で、患者は何て言ってんだ」

「退院したくないって言うんです」

「それじゃまだ、無理だろう」

「症状は、かなり改善してるんですよ」

「症状だけを診てたんじゃ患者は理解できない」

「…………」

「長く入院していると、家に戻ることに罪悪感やら葛藤《かっとう》が湧くんだ。だからな、それを理解して、その気持ちを聞いてあげないと退院の動機づけが高まらないじゃないか」

「はい、わかりました！」

角刈り研修医は道場の師範《しはん》に向けるような返事をすると、横目で私を窺《うかが》って軽く頭を下げ、医局から出ていった。

新聞を読み終えた佐伯は白衣のポケットからキャメルの箱を取り出して一本抜き、机の上でトントンと叩いてから口にくわえ、百円ライターで火をつけた。壁の入退院患者表に目をやり、「急患が入ったんだな」と言うと、煙を天井に向かって吐き、独り言のような口調で話しかけてきた。

「綾部、東和大の教授は誰になったんだ」

「まだ決まってないようです」

「穂刈《ほがり》の可能性はあるのか」

「教授選では有力候補の一人です」

佐伯は私のほうに顔を向けた。

「穂刈が教授に選ばれるようじゃ、東和大もだめだな。あいつは臨床能力がゼロだ」

大学の教授選の話や、誰が院長になるという話題は、MRの情報網から医師の間に広まっていく。佐伯は大学で准教授の地位にある穂刈を嫌っていた。

穂刈と佐伯が同じ研修病院に勤務していた時のことを何かの宴席で聞いたことがある。患者をデータの対象としか考えない穂刈は、次々と論文を書いて外国誌に掲載した。もともと研究志向で野心家の穂刈と臨床一筋の佐伯の気が合うわけはなかった。穂刈は自分の患者の具合が悪くなると佐伯病院に紹介してきた。そのたびに「おいおい、また穂刈からだぜぇ」と医局員に苦笑を見せ、佐伯は治療を引き受けた。

私も穂刈にはいい印象を持っていなかった。「教授になったら、お前のところの薬をたくさん使うから、国際学会への費用を二人分準備してほしい」と二年前に露骨に無心されたことがあった。「社の規定で、それは無理です」と断った私は、穂刈から医局への出入りを一ヶ月以上禁止された。私はそうした気持ちを抑え、言った。

「教授会が東和大出身派と帝都大出身派に割れているようですね」

「まあ医学部教授なんていうのは、研究ばかりやっていて臨床を知らない連中がなるもんだ。首都医大の教授なんて、アメリカでネズミの相手しかやってこなかったっていうな。患者と会話ができるんかいな」

佐伯は笑った。佐伯の言葉には、アカデミックな世界に対する羨望《せんぼう》よりも、侮蔑《ぶべつ》の感情が含まれているように思えた。

「綾部、この病院の担当やって何年だ」

「院長が赴任してきてからですから、七年になります」

「七年の間に精神医療は変わったよ。若い連中は新しい薬ばかり使いたがる。ろくに患者と話さないで薬ばっかり使いやがる」

「…………」

「薬屋のお前に言うべきことじゃないわな。そうそう、近いうち、研修医の歓迎会やるから、また、お前のところで頼むよ」

キャメルを揉《も》み消すと、佐伯は白衣を肩にかけて医局から出ていった。

その日の私のノルマは終わった。佐伯の後から医局を出て階段を下りていくと、待合室から患者と家族の交わす別れの挨拶が聞こえてきた。

「元気での」

「かあちゃんも元気で」

「また、暮れに、来るからの」

声の主を見た私は思わず、あっ、と思った。彼女は佐伯病院に来る時に出会った老婆であった。わざわざ東北から出てきたのであろうか。

病院の玄関を出てしばらく歩き、後ろを振り返ると、西に傾いた夏の日ざしがダークブラウンの病棟を包み込み、病棟の窓ガラスが朱色《しゅいろ》に光っていた。老婆が話す東北弁のイントネーションと沈みかけた太陽が、故郷の風景に私を引き戻した。

二

私が生まれ育った地は岩手県の三陸沿いの小さな町である。父親の良吉《りょうきち》と母親の絹子《きぬこ》と三人家族で、高校を卒業するまでその地で過ごした。

その町にはかつて大きな製鉄所があり、従業員とその家族が多数住まい、活気に溢《あふ》れていた。しかし私が小学一年の時に製鉄所が閉鎖されると人も店も消えていった。十万人近かった人口は半分以下に減り、繁華街はペンキの剥《は》げた看板と錆《さび》ついたシャッターばかりに変わり、三陸沖漁業と缶詰工場だけの町になった。

私の家は港から三キロほど入った高台にあり、部屋の窓からは遠方に水平線が見えた。私はその小さな町で不自由なく暮らした。良吉の父は漁師であったが、兄が家業を継いだため、良吉は高校を卒業すると町役場に勤めた。絹子も若い頃は役場に勤めていたらしいが、私が物心ついた頃から専業主婦であった。二人とも小柄であったが、私の背丈はクラスでは大きいほうだった。私は自分だけ背が高いことを気にしたことはなかった。

それは小学五年の夏であった。当時の私は成績もよく運動もできた。同じクラスの小暮賢治《こぐれけんじ》は町会議員の息子で、私とクラスの成績を競っていたが、テストでは私が一番をとることが多かった。賢治はテストの後、いつも点数を聞いてきた。ある日、帰り支度《じたく》をしていると、賢治が数人のクラスメートと一緒にニヤニヤしながらやってきた。そして、私の肩に手をかけて、

「知ってるか？　お前のおっかあは、本当のおっかあじゃねんだぞ、父ちゃんが言ってたぞ」

と言った。私には意味がよくわからなかったが、無性に腹が立った。

「おめ、何言ってんだ。ばかだな」

と言い返すと、賢治は殴りかかってきた。私は思わず賢治の顔を殴り返した。その

後、賢治の友人たちが騒ぎ立てる中でとっくみあいの喧嘩《けんか》になった。やがて賢治は「父ちゃんに言ってやるからな」と涙声で言うと、鼻血を押さえて家に帰っていった。

夜に賢治の父親が家までやってきた。良吉と賢治の父親は、玄関の外で長い時間話し合っていた。話を終えた良吉は二階の私の部屋にやってきた。その目は充血していた。

「おめ、賢治が言ったことは、ほっとけ」

吐き捨てるように言うと、良吉は部屋を出ていった。しかし私は、賢治の父親が来たことと良吉の残していった言葉から、賢治の言ったことに真実が含まれていると悟った。

私の胸に穴が空いた。

その後から私は自分と父母との関係が気になりはじめた。良吉にも絹子にも似ていない私。幼い頃から感じていた親戚のよそよそしい態度。私は自分の出生について疑問を持つようになった。本当の母親が別にいる。自分はどこで生まれたのだろう。

中学一年の八月上旬、夏休み中のテニス部の練習から帰ると、良吉が庭先にいた。仕事がない日はたいてい三軒先の家に碁《ご》を打ちに行く良吉が家にいることが不思議であった。私は二階の自分の部屋に駆け上がり、テニスラケットをベッドの上に置き、レッド・ツェッペリンが録音してあるラジカセのスイッチを入れた。ベッドに座り、ジミー・ペイジが弾く「天国への階段」のギターソロを耳で追って、ギターの指使いをイメージしていると、ドアをノックする音が聞こえた。

「タツヒコ、入ってもいいかの」

良吉の声がした。

中学生になってからはほとんど部屋を訪ねてくることはなかったので、何か怒られるのかと思い、私は一週間分の行動を思い出してみた。が、何も思い浮かばない。私は慌てて音楽雑誌や漫画本をベッドの下に隠した。

「いいよ、何」

音楽を止めて、わざとらしく大きな声で答えた。

良吉はランニングシャツ姿で首にタオルをかけて硬い表情をしている。禿《は》げた頭と顔面の汗をタオルで不自然に何度も拭く様子を見て、私は良吉に何かの覚悟があることを悟った。かつて賢治が言ったことも思い出した。

良吉は、私の成長を確認するかのように、壁に貼ってあるミュージシャンの写真、ガットギター、そして本棚に並ぶ文庫本に目を配った。

「おめは、こんな難しいのを読んでるのか」

良吉は本棚の中から『罪と罰』の上巻を取り出してパラパラとめくると本棚に戻し、畳《たたみ》に胡坐《あぐら》をかいた。

「ほれ、そこに座って、しっかり聞け」

良吉の前に正座した。窓の外からジージーと油蟬《あぶらぜみ》の鳴き声が聞こえてくる。空気はビリビリと張り詰め、背中に汗をかいてきた。良吉は私の膝《ひざ》に手をあてるとゆっくりと話を始めた。

「おめも、何となく気づいてるのかもしれん。おめが中学にへったら、おらは、このことさ伝えようと思っていた。おめには本当の母親がおる。名前は斉藤君枝《さいとうきみえ》だ。今は、ほれ、山向こうの小林病院、入院さしてる。いずれ、おめも、本当のおっかあと会わんといかんなぁ」

小林病院という名前は、何度も学校で聞いたことがあった。〃そんなこと言ってっと、小林病院に連れていかれっぞ、あの病院には人殺しが入ってる〃……と、友人同士がからかう時に登場する病院である。

良吉は顔を拭きながら話を続けた。蝉の鳴き声が止まった。

「おめをおらの家に連れてきたのは八巻《やまき》さんっていう保健師だった。君枝は秋田からやってきたらしい。あんときゃ、三十代前半くらいだったかのぉ。自分の名前つけた小さな店を切り盛りしていた。その店にはおらも行ったことがある。たいして美味《うま》い料理も出んかったが、君枝は美人だった。おらも何回か店には行った。おめは君枝に似とる」

再び油蝉が一斉に鳴きだした。蝉の鳴き声が良吉の声に重なる。

「いろんな連中が店に出入りしてたわ。君枝の住んでいたアパートにその八巻さんがおった。八巻さんは、君枝のアルコールが増えるのを心配したらしい。歳が近いってのもあったしな、なんつうか、保健師としての責任感もあったらしい。そのうち君枝が妊娠しちまった。その子がおめだ。おめの父親は誰かわからんそうだ。気づいた時には妊娠五ヶ月だった」

良吉は、言うべきことを何か紙に書いて暗記してきたように話を続ける。

「で、おめが生まれた」

「…………」

真っ赤に焼けた鉄串が胸に突き刺さる。

「昼間は君枝がおめの面倒を見たが、仕事に行っている間は、八巻さんがおめの世話をした。ところがだぁ、おめが三ヶ月になった頃から、君枝の様子が変わっちまった。子供の中の悪霊《あくりょう》を退治するって言って、乳の代わりに酒を飲ませたようだ。八巻さんは君枝を小林病院に連れていった。小林先生は、半年くらいすれば治ると言って君枝を入院させた。店は閉めた。半年しても君枝は病院から出てこれんかった。結局、入院して一年が過ぎた」

胸の痛みが全身に広がっていく。これまで体験したことのない激しい感情が胸の奥から湧き上がってくる。それは製鉄の炎のように赤く熱く、全身を焼きつくすような激しい感情であった。

良吉の顔が少し和らぎ、懐かしそうな眼差《まなざ》しになった。

「あん時も夏だったぁ。八巻さんは、子供がいねえおらの家さ、おめを連れてきた。あん時のおめは可愛《かわい》かったぁ。子供がいなかった絹子は大喜びした。八巻さんには、おめがでっこくなったら、君枝のことさ、伝えると約束した。おらも絹子も、今だっておめを本当の子供と思って育ててる。でもいずれは、おめは本当の母親に会わんといかん。おめは、おらの家の養子になったが、君枝がおめの本当の母親だあ」

良吉が話している間、私はずっと下を向いて拳を握りしめていた。胸の奥の感情はもう制御できないくらい巨大になり、心臓が激しく鼓動しはじめた。一刻も早く部屋から飛び出したいと思った。

「これが、おらが知ってること全部だぁ」

良吉は目を赤くして私に言って、両手でタオルを持ってゴシゴシと顔を拭いた。

「…………」

鼓動は高まり、話を続けた良吉に対して殴りたいような怒りが湧いた。

「わかったよ」

投げやりに言うと、私は良吉を部屋に残したまま、ドアを開けて階段を駆け下りた。

「どこさ、いぐ」

台所から、絹子の甲高《かんだか》い声がした。

「タツヒコ、どこさ、いぐ」

大きな声をあげながらつっかけを履いた絹子が駆けてきた。

「おらは本当の子と思ってんだぁ、お前はおらの子で、なんもこれからも変わりはねえ」

絹子は自転車に乗ろうとする私の腕を握って制止しようとした。私はその手を振り切るように自転車に飛び乗って、夢中でペダルをこいだ。激しい鼓動が止まらない。足が棒のようになり、破れるほどの激しさで心臓が高鳴っていた。

ただ、ひたすら自転車をこいだ。小学校の前を通り過ぎ、製鉄所の前を走った。日ざしは高く、体が熱くなり脚が痛くなってきた。全身から汗が噴き出してくる。目の前のアスファルトに陽炎が立っているのが見える。それを追いかけるように真っ直ぐ走った。

道路が下り坂に変わると、陽炎のゆれる水平線が見えた。魚の腐敗臭と潮の香りが充満する港に着くと自転車を乗り捨てて、シャッターの閉まった酒場までフラフラと歩いた。そして、物心ついた頃からそこにあったペンキの剥げた看板ばかりが並ぶスナックや飲み屋を一つひとつ確認するように見て歩いた。

雨風でほとんど塗装が剥げていたが『キミエ』と名前の書いてある看板が確認できた。小さな店であった。店の扉には鎖がかけられていた。店の裏側に回り、割れた窓から中をのぞいてみた。カウンター、椅子が五つ。カウンターの前の棚は空っぽで、床には茶色の酒瓶が転がっていた。店の前に戻り、扉の鎖が外せないかと思い、力ずくで引っ張ってみたが鎖は外れなかった。激しい感情を腕の力にのせて何度も何度も鎖を引っ張った。はっと気づくと、杖をついた、腰の曲がった老婆がこちらを見ていた。手の平が錆だらけになり、皮が剥《む》け、血が滲《にじ》んだ。赤く熱い感情は、製鉄が冷えるように冷めていった。

店の前には道路を挟んで堤防があり、その向こうは海である。私は堤防に向かって歩いた。無性に海が見たくなった。

防波堤によじ上り、腰を下ろした。目の前に太平洋が広がり、潮風が顔にあたった。ぼんやりと遠くの海を見ながら、波の音を聞いていた。水平線のはるか彼方《かなた》に、ゆっくりと航行するタンカーが見えた。あのタンカーはどこに行くのだろう。できるなら、自分を遠い異国に連れていってほしいと思った。

どれくらいの時間がたったのだろう。気がつくと夕陽が水平線を朱色に染めはじめていた。その色は海に吸収されるように小さくなり、やがて空は暗い紺色に変わった。

私は溢れる涙をジャージの袖《そで》でぬぐった。

三

「親同士のつきあいって大切なのよ」

洗面所で歯磨きをする私の横で、麻奈美は洗ったばかりの髪をドライヤーで乾かしている。青山のイタリアンレストランで開催される優理の担任との懇親会に行くために、朝から入念に身支度をしているのだ。鏡に映った麻奈美が私にウィンクした。

「優理の担任ってね、学生時代にギターやってたんだって、ちょっといい男よ。今年のクラス、懇親会ばかりやってるのよね」

文句を言う割に、こうした集まりには必ず出席している。麻奈美は四十二歳の割には余分な脂肪が骨盤の上についていないので女性らしい体つきを保持している。若作りの服を好んで着るために三十代に見える。それを自分でよくわかっている麻奈美は、親同士の集まりがあると、若さを誇るチャンスができたという思いから朝から機嫌がよくなった。

「俺は池袋で佐伯病院の新人歓迎会だ。遅くなるよ」

タオルで口を拭きながら言った。念入りに髪の毛をカールしはじめた麻奈美は、鏡を見たまま「そう」と答えた。

その日私は優理と一緒に家を出た。優理の歳になると父親と歩くのが嫌だという子もいるが、優理は嫌がらない。それどころか、優理は私と一緒に写っている写真を定期入れに入れている。同級生の父親の中では一番見てくれのいい父親なのだという。

「次の各駅停車で座っていきなさい」と優理に告げて、私はいつもの時間の満員電車に乗った。

会社に着くと、いつになく硬い表情の瀬川が声をかけてきた。

「部長から来年の配属希望を聞かれた。お前は転勤になったらどうする」

「俺はまだ聞かれてない。ま、俺もお前も異動は間違いないいな」

「俺は一人だからどこにでも行くが、お前はマンション買ったばかりだし、家族はどうする」

「まだ何も考えてないんだ」

瀬川は一人暮らしだ。入社してまもなく同期の社員と結婚したが、二年で離婚した。バブルの頃で金回りもよく夜も遅く、派手に遊びすぎたのである。離婚後何人かの女性とつきあったのを知っていたが、どれも長続きしなかった。私と瀬川が七年も同じ担当地域にいることができたのは佐伯病院における自社製品の使用量が多いからだ。上層部は、私と瀬川は佐伯病院の営業には不可欠な人材と判断していた。しかし、それも今年までという噂であった。

私は、医師に配布する新薬のパンフレットを整えると椅子を回転させ、後ろの机に座る瀬川に手渡しながら言った。

「お前はいいよ。お前の性格ならどこに行っても適応できるさ」

私には転勤について瀬川のような不安や焦りはなかった。出世や業績については瀬川より鈍感なのだ。単身生活も仕方がないと思っていた。

私は、佐伯病院が宴会でよく使う『松よし』に電話を入れ、金曜日の七時に予約をとった。この店は、池袋駅西口から歩いて五分の場所にある。夏はすっぽん鍋、冬はふぐ料理が売りである。全国から取り寄せた日本酒や焼酎《しょうちゅう》が何種類も置いてある。すべての部屋が個室になっているため商談や会合にはうってつけで、池袋近辺の病院との会合や接待の時には必ずこの店を使っていた。

私たちは一足先に着いて、女将《おかみ》を手伝って簡易スクリーンを立てかけ、薬の説明に使うプロジェクターにパソコンをつなげた。それから、着物姿の女将は、小鉢、刺身、すっぽんの唐揚《からあ》げなどをテーブルの上に綺麗に並べながら「綾部さんのお子さんはもう何歳になったの」と訊いた。着物から出たしなやかな手が手際よく食器を配置するのを見ながら私は答えた。

「もう高校生と中学生ですよ」

「あら、もうそんなお歳なのね。早いわねえ。えっと、佐伯先生は〝久保田〟を飲まれましたわね。先生方がいらしたら運びますから」

女将は客の酒の趣味をよく覚えている。こうした細かな気づかいが、医者相手の接待には必要なのだ。

「それじゃあ、ごゆっくり」と言うと女将は出ていった。

私と瀬川は宴会場の入り口で待つことにした。瀬川は私の耳元に話しかけてきた。

「東和大の教授選、いよいよ怪文書が出たらしいぞ」

「穂刈先生も若手には人望がないから」

「しかしな、怪文書の出所は医局長って話もある」

「え、そうなのか」

私は穂刈准教授に抵抗勢力の動きがあることを知り、内心嬉しくなった。教授になってほしくなかった。

七時になった。

ブルーのシャツに派手な柄《がら》のネクタイをした副院長の安田が最初にやってきた。こうした会を何度もやっていると到着する医師の順番にも特徴があることがわかる。まじめな安田は常に時間厳守だ。

安田は座布団《ざぶとん》の上にどっしりと腰を下ろした。ネクタイをした首のあたりが窮屈《きゅうくつ》そうに見える。そこから五分ほど遅れて、ワインレッドのワンピースを着て髪を下ろした赤坂が現れ、シャネルのにおいが部屋中に拡散した。胸元にはイルカの形をしたプラチナのネックレスが光り、右腕には揃いのブレスレットをしていた。服の上からも均整のとれた体型が見てとれる。瀬川は私の腹を肘《ひじ》で突《つつ》いた。赤坂は祐太と同じ私立高校の出身で、東和大医学部に入って医師になったと聞いていたので親近感があった。彼女は、あれこれと息子の学校生活や受験についてアドバイスしてくれる。

この七年の間に女性医師は増えた。私の入社当時は、地味で服装にはほとんど気を遣わない女医ばかりであったが、この数年でずいぶんおしゃれになったと思う。

そんなことを考えていると、後ろから声がした。

「よお、お待たせ」

ブルージーンズに黒いTシャツという軽装の佐伯であった。私の肩を軽く叩いて「ごくろうさん」と言い、安田の横に胡座をかいた。大柄で色白な安田と小柄で筋肉質の佐伯は対照的である。

最後にやってきたのは、半袖の白いワイシャツに青い無地のネクタイを締めた角刈り研修医だった。

「遅れてすみません、当直医への申し送りに時間がかかりました」

佐伯は「ここだ、ここ」と自分の横の空いている場所を指差した。角刈り研修医は、頭を下げると、佐伯の横に正座した。

近々発売になる認知症の新薬についてパワーポイントで説明した後は、座を崩して雑談になった。私と瀬川は、医師たちの間でビールを注いだり、追加を注文したりする役割に徹する。すっぽん鍋に箸《はし》を入れながら、それぞれ思い思いのことを話しはじめる。瀬川はずうずうしく赤坂の横に座り、六本木にあるゲイバーの話をして笑っている。またかと思ったが、MRの世界ではこうした積極性も重要なのだ。赤坂は注がれるビールをグイグイ飲む。グラスが空になるとすぐにビールを注ぐ瀬川は、赤坂を酔わせて二次会にでも一緒に連れていくつもりなのかもしれない。

私は女将が運んできた〝久保田〟に手を伸ばし、佐伯に酌《しゃく》をしようと五合ボトルを傾けた。

「いいよ、いいよ、みんな自分で勝手にやろうや」

佐伯はそう言うと私からボトルを受け取り、自分で〝久保田〟をコップに注いでグイと一息に飲んだ。

「工藤、お前さ、ちょっと硬いんだよな。もっと楽にしろ、楽に」

佐伯は、角刈り研修医にビールを注ぎながら言った。

「あ、すみません」

角刈り研修医は慌てて、注がれたビールを飲み干した。彼は佐伯の噂を先輩から聞いて、わざわざ長野から研修にやってきたのだという。

宴会の席は、研修医が院長から貴重な話が聞ける絶好の機会である。角刈り研修医は手酌でビールを注ぎ足して一気に飲むと、勢いをつけて佐伯に質問した。

「さ、佐伯先生、共感性は生来的なものだと思いますか」

「ああ？　お前の話は最初から難問だな」

「す、すみません」

佐伯は鬱陶しそうに角刈り研修医を見て、続けた。

「共感性ってのはなあ、相手にどれくらい自分を重ねられるかにかかってんだよ」

「そうなると、やはり人生経験が大切でしょうか」

「そりゃあ、お前、女を一人しか知らない奴と十人知ってる奴じゃ、了解の幅が違うだろうが。ほら、お前はすっぽんを食えばいいんだよ」

佐伯は、鍋の中からすっぽんの足を探すと、角刈り研修医の器に乱暴に入れた。

「あんまり経験ないんですよ」

「お前は本当に硬い奴だな」

角刈り研修医の表情が一段と硬くなった。

「つまりな、人間には了解の幅がある。相手の体験を了解して同一化できるかどうかは、治療者側の体験の幅と感受性が影響するんだ。ヤスパースの了解概念ってのは、こういうふうに理解すんだよ」

佐伯は研修医の力量を把握し、知識と経験を提供するのが上手である。一見粗野に見える佐伯なのだが、佐伯に研修を受けた医師の多くが他の病院で活躍していることから推測すれば、彼の経験からくる知識の深さは確かなのであろう。

「おーい赤坂、こっちに来て酒をついでくれ」

佐伯は少し離れた席で瀬川と笑い合っている赤坂を呼んだ。酔ってくると赤坂をホステスのように扱う。

「はーい」

赤坂が冷酒を持って歩いてきた。佐伯はその均整のとれた体を上から下まで舐《な》め回すように見ている。安田が横に少しずれ、赤坂は安田と佐伯の間に座った。

佐伯は冷酒をグイと飲んで赤坂に顔を近づけて言った。

「お前はな、もっと勉強しなけりゃだめだな」

「こう見えても、私、案外と勉強家なんですからね」

赤坂は冷酒を佐伯に注ぐ。

「こいつの親父《おやじ》はなあ、俺をオルグして活動にひっぱりこんだんだ。俺の人生を決めたのはこいつの親父だ。ところがな、赤坂先輩、途中から路線変更して突然アメリカ留学だぜ、お前は知ってるのか？　親父の過去をよお」

佐伯は注がれた酒をグイと飲んで、周囲に宣伝するように声を大きくして言った。

「ぜんぜん知りませえん」

赤坂はふざけた口調で答えた。

「まあ、いい。お前の親父には、学生時代に大変世話になった。とくにこっちでな」

佐伯は小指を立てニヤニヤしながら言った。

「こっちって何ですか？　院長」

わざとらしい口調で安田が覗き込むようにして訊くと、佐伯は胡坐をかいた自分の股間を指差した。

「女好きの親父さんのためにも、赤坂を上級のホステスにしなければいけない」

角刈り研修医がビールを吹き出しそうになり、口を押さえた。

「院長先生、だんだんセクハラっぽくなってまあす」

「何を言ってる、上級のホステスも上級の精神科医も、相手の気持ちを汲むという点では同じだ」

「なるほど」

「もっとも、お前は上級のホステスのほうが向くかもしれんな、だいたいお前の体型はホステス向きだ」

赤坂の顔が露骨に不快になり、私に視線を向けた。助けてほしいといった表情だ。話題を変えないと佐伯が肩でも抱きそうな雰囲気だった。

「先生、先週の学会発表はうまくいきましたか」

私は赤坂のグラスにビールを注ぎながら言った。

「それがねえ、座長が下手でさあ、私の発表時間減らされちゃったのよ」

彼女は私のほうに体を向けて安堵《あんど》の表情で話しはじめた。逃げられた佐伯は冷酒を一気に飲み干して、角刈り研修医と長野の精神医療について話しだした。

佐伯の呂律《ろれつ》が回らなくなってきた。酔いが回ると話は精神医療を遅らせた国への批判になっていく。これは毎年のパターンだ。

「だいたい国はなあ、高度成長時代に金を散々稼いだのに、ちっとも患者に還元しないだろう、だから日本の精神医療は遅れたのよ。我々はなあ、そうしたことに闘ったのよ」

「宇都宮の事件が起きるまで、国は精神障害者のことなんか、ちっとも考えてこなかった。だから患者が病院に溜《た》まっちまったんだよ」

我々はなあ、と語尾を上げて、赤ら顔で熱っぽく話す口調は、学生時代に立ち聞きしたアジ演説の口調と同じだ。

「高度成長期の日本には表と裏があった。表の世界では日本は経済大国への道をまっしぐらに進んでいた。だがな、裏の部分、裏ってのは精神障害者だ。彼らは日の目を見なかった。精神病院につっこまれて、ほったらかしだ」

酔っているといはいえ、佐伯の話には説得力があった。

「もっと患者に近づかなければいかんぞ、患者である前に一人の人間として見る視点を忘れちゃいかん」

佐伯は角刈り研修医の肩に手を回して、ものすごく強い力で体をグラグラと揺らしながら言った。

今日の佐伯は、いつもよりたくさん飲み、たくさん話した。手酌をする手がおぼつかなくなってくると、佐伯は畳の上に横になって居眠りを始めた。

「明日は早番ですから、お先に失礼しますね」

頃合を見計らったように赤坂が席を立つと中締めとなり、安田も続けて帰っていった。

　私と瀬川と佐伯と角刈り研修医が残った。佐伯はしばらく居眠りをしていた。すっかり空になった鍋と酒瓶の並ぶテーブルの向こうで、天井に顔を向けたまま寝ている佐伯を私は眺めていた。

　小ぶりだが造作のよい端正な顔は浅黒く日焼けしている。そして左の耳の下から頬にかけて走る傷痕、その傷はアルコールの血管拡張のために浮き上がって見える。厚い胸、半袖から出ている腕は太い。ジムに行っているというだけあって、腹は出ていない。

　私の視線に気づいたのか、佐伯は起き上がって私の前に座り直し、酒を飲んだ。そして私の顔に鋭い視線を向け、強い口調で言った。

「おい綾部。なんでお前は、あまり笑わねんだ。つまんねんだよ」

　赤くなった顔面の傷痕が私の目に飛び込んできた。酔った佐伯にどう答えてよいかわからなかった。しばらく黙っていると佐伯の口から思いがけない言葉が出てきた。

「そういやお前さあ、患者みたいだな、ははは」

佐伯は笑った。その言葉が胸に無数の穴を空けた。穴の中に無数の羽虫《はむし》が入り込んできて騒ぎはじめた。顔から血の気が引き、鼓動が高まってくる。

誰にも知られたくない、体内に流れる君枝の血。それを佐伯が見透かした。体中の汗腺がすべて開き、汗が出てくる。食べた料理を吐き出してしまいそうな気分が襲ってきた。続いて蝉の鳴き声のような猛烈な耳鳴りが聞こえてきた。

耳鳴りはどんどん大きくなり、瀬川と佐伯が話している声は遠くなる。自分がその場所にいないような感覚だ。これが、以前佐伯から聞いた離人《りじん》感かもしれないと思った。

「おい工藤、次の店行くぞ」

佐伯は角刈り研修医と一緒にタクシーに乗った。佐伯の声が遠くに小さく聞こえる。瀬川が会計をすませ、二人で店を出た。

離人感は続いていた。しばらく歩いて駅ビルの看板のネオンが目に入ってきた時、やっと元の自分に戻れた気がした。店から駅までの間に瀬川と交わした会話はほとんど覚えていない。

池袋駅前で瀬川は「今日は、盛り上がってよかったな、じゃ、また来週な」と言って西武池袋線のほうに歩いていった。

埼京線のホームに立つと、後ろで酔った若い女性が大声で話している。

「西本さん、ちょっと頭が変じゃない」

「だって、顔からして変態みたいじゃない」

「絶対、あの人、病気よ」

私は自分のことを言われているような気分になり、その場所から離れた。下り電車が入ってきた。まだ電車は混んでいた。窓の外の景色に目を移すと、池袋の外れにポツンと立っている風俗店のネオンが目に入ってきた。患者みたいだな、という佐伯の言葉が何度か頭の中で繰り返された。佐伯は、どうしてあんな言葉を吐いたのだろうか。佐伯に抱いていた敬愛の気持ちが急速に萎《しぼ》んでいくのを感じ、同時に、良吉から君枝のことを打ち明けられた時に感じた怒りと悲しみが襲ってきた。

飲み直したいと思った。

大宮駅で降り、東口通りをヨタヨタと歩き、カメラ屋の横の狭い路地に入った。古い喫茶店の横にある地下に向かうコンクリートの狭い階段を下りて、『Moon Child』と白い字で書かれた黒いドアを押した。聞いたことのあるギターのソロが流れている。ジェフ・ベックの「ブルーウインド」だ。

カウンターとテーブル席が二つしかない、一人になりたい時に立ち寄る穴蔵のような小さな店だ。いつも、レッド・ツェッペリン、キング・クリムゾンといったクラシックロックを流している。たいていは、ギターやベースを持ったバンドメンバーがいたり、私と同世代のサラリーマンがいるのだが、その日は誰もいなかった。

私はカウンターの一番奥に座った。

「ひさしぶりだね」

口髭をはやしたマスターの小池《こいけ》がウィスキーグラスを拭きながら言った。

大宮に引っ越してから三年間、この〝ムーンチャイルド〟に通っている。店に来たのは二ヶ月ぶりだ。店の大きさに不釣り合いの巨大な二台の大きなスピーカーがあり、カウンターの後ろの壁には七〇年代、八〇年代の色とりどりのレコードジャケットが飾られている。もともとジャズ喫茶だったのだが、五年前に小池がロックカフェに変えた。

小池は大学を卒業した後からずっと司法試験の勉強をしていたらしい。四十歳になるまで挑戦して、諦めたのだという。親が残した金で今の店を始めたと聞いたことがあるが、こんなにレコードやＣＤを集めているのだから、司法試験浪人というのは言い訳で、ほとんど音楽漬けの毎日だったに違いない。

「ダブルで」と私は注文した。小池は、赤い舌を出したお馴染みのストーンズの絵柄コースターの上にＩＷハーパーを置くと、「どうぞ、今日もお疲れさん」と言って差し出した。佐伯の言葉を忘れるために一気にストレートを流し込んだ。のどが焼けた。

「好きなやつ、かけてあげるよ」

小池は言って、ＣＤプレーヤーのところに行った。曲は「ハイウェイ・スター」に変わった。高校時代に好んで聴いた曲だ。イアン・ペイスが叩くスネアの音が頭に響いてきた。いつもはハイテンポなリズムが沈んだ気分を持ち上げてくれたが、その日の気分は変わらなかった。小池は客の趣味がわかっていて、適当に曲を選んで流してくれる。酔いが次第に回ってくるのがわかる。

この店に来るのには、理由があった。

普段は意識しないようにしている故郷の思い出に浸りたい自分がどこかにいる。その思いが、この店に足を運ばせる。部屋から見えた海、幼い頃に良吉と遊んだ海岸、テニスに明け暮れた中学時代、ミュージシャンに憧れていた高校時代を思い出す。穴のようなこの店で、ギターのリフやドラムのリズムに包まれ、故郷の風景に自分を置く。穴の中で、音楽と一緒に過去に会っていた。

四

私は県内で有数の進学校に合格した。高校に入ってすぐにテニス部に入ったが、全国大会レベルの部活動に自分の能力がまったく追いつかず、三ヶ月もしないうちに退部届を出してやめてしまった。五十人くらい入部したうちのほとんどが退部した。結局、中学時代に県大会まで行くような連中しか残らなかった。

学校が終わるとすぐに家に帰り、ロックばかりを聴くようになった。高校には軽音楽部があったが、フォークソングを歌う連中ばかりで、私の趣味には合わなかった。

あの頃の私は、心に空いた穴を音で埋めようともがいていたのだと思う。何かに集中するわけでもなく、ヘッドホンから大音量で流れるギターのリフやドラムのリズムの中に身を置くことで空疎《くうそ》な自分をごまかしていた。

君枝という人の存在がどこかで気になっていた。いろいろなことを空想したりもした。テレビドラマに出てくる水商売役の女優に君枝を重ねてみたりもした。しかし、そうしたイメージは、小林病院というイメージがすべて消し去ってしまう。君枝と小林病院のイメージが頭の中でつながらない。

夏休みが終わりに近づいた八月の末、その日の夕食は、私の好きなカツカレーだった。

「音楽ばっか、聴いてねえで、またテニスやったらいいのに」

絹子がカレーの皿を置きながら言った。

「俺にはテニスの才能ないよ」と答えた。

夕食が終わり、部屋に戻ろうと思った矢先に、良吉が「タツヒコ」と口を開いた。良吉は読んでいた夕刊をテーブルに置いて、「明日、君枝のとこさ、一緒に行くだ」と突然告げた。絹子はその場から逃げるように流し台に行き、食器を洗いはじめた。

私には、君枝という本当の母に一度は会っておかねばならないという気持ちがどこかにあったし、当時は会いたいという気持ちもあった。

翌日、絹子は私のワイシャツにアイロンをかけながら「ちゃんと、お母さんに挨拶するんだよ」と言った。ワイシャツを渡す時の絹子の目は寂しそうに見えた。

午後一時、学生ズボンに白いワイシャツの私は背広姿の良吉と一緒に家を出た。ちょうど私たちの家の近くにある高台のバスセンターから、港を経由して病院前まで行くバスが出ている。一日に四本しかない路線である。それまで私は、港までしかバスを使ったことがなかった。港に行く途中の坂道からは火を消してしまった製鉄所が見える。もう死んでしまったその大きな建築物は、町の盛衰を際立たせている。あの製鉄所を見ながら、賑《にぎ》やかだった町を思い出す者もいれば、時代に翻弄《ほんろう》されたことを悔《くや》しがる者もいる。

小林病院は港から五キロほど入った山間にあった。着くまでの間、私は君枝の姿をあれこれと空想してみたが、絹子の笑顔ばかりが浮かんできた。私にとって母のイメージは、君枝ではなく絹子である。中学生の時、君枝のことを告白された後も、絹子は何一つ変わりなく私に接してくれていた。しかし、あの後から私は、それまで絹子に言えたわがままや不満が言えなくなっていた。遠慮が芽生えたのである。しかし、絹子は私の変化を思春期特有の心の変化と受け止めていたのかもしれない。

谷川に沿って走る道が上りの急カーブを曲がると、病院の全景が見えた。病院は山を背にして建っていて、道路を隔てて建物の前に谷川が流れている。車でしか入れない場所にあるため、病棟の前には大きな駐車スペースがあり、車が三台だけ止まっていた。

病院は二階建ての灰色をした殺風景な建物で、すべての窓の外に鉄格子がはまっている。病院の中は鉄格子によって外界から隔絶されているように見えた。

君枝という人の住む世界が近づいてきた。駐車場を一周し、バスは病院の入り口前の停留所に止まった。良吉と私だけがバスを降りた。

病院の玄関の前に立つと、古びた外観に合わない新しい自動ドアが開いた。玄関でスリッパに履きかえて板張りの待合室に上がった。良吉は受付で一言二言事務員に告げると、「座って待ってろだと」と私に言った。

待合室の椅子はひどく座り心地が悪かった。次第に鼓動は高まり、緊張のためか首の後ろが異常に痛くなってきた。「しっかり、挨拶すんだぞ」と良吉が私に言った。

やがて小柄で太った看護師がやってきた。

「それじゃ、来てください」

「おねげえします」

良吉は言った。

「タツヒコさんだね、身長さ、どのくらいあるかの」

看護師は私の背を見上げながら訊いてきた。

「一七五センチです」

「大きいわねえ、運動か何かしてんかね」

「ええ、まあ」

看護師が私の緊張を解こうしているのはわかったが、鼓動はどんどん速くなっていった。待合室から女子病棟まで行くのに、看護師は三回、鍵を開け閉めした。

病棟に入ると、排泄《はいせつ》物のにおいと消毒液のにおいが鼻をついた。良吉と私はナースステーションに招かれた。そこには二つのスチール製の机と薬棚しかなかった。ナースステーションには白衣を着た男性看護師が二人いた。丸坊主で小柄なほうが私に近づいてきた。胸につけている名札には「市川信二」と書いてある。市川は私たちを「家族面会室」と書かれた四畳半ほどの小さな部屋に案内した。そこには小さな机を間に挟んで三人がけのビニール製の長椅子が二つ置かれていた。目の前には小さな窓が二つ見えた。窓は開いていて、レースのカーテンの向こうに二本の鉄格子が見えた。

私たちは窓側の長椅子に並んで座った。部屋全体は蒸し暑く、埃《ほこり》っぽいにおいが充満していた。右側の壁には「禁煙推進週間」という、マジックで書かれた手製のポスターが貼られ、左側の壁には「岩手薬品」と広告の入ったカレンダーが吊るされている。カレンダーは六月のままであった。

君枝を待つ時間が異常に長く感じられた。病棟から聞こえてくる、誰かを怒鳴るような声や泣き声のような声がするたび、私は拳を握りしめた。とにかく、その一連の儀式を終えて、その場所から立ち去りたかった。

五分ほどすると、ノックの音がしてすぐにドアが開いた。市川と手をつないだ痩せた女性がそこにいた。誰がしてくれたのかわからないが、髪はきれいにまとめられ、口には紅がひいてあった。紫色のワンピースを着ていた。ひどく痩せているために目は窪んでおり、瞳には輝きはなかった。その人を見た時に心に湧き上がった感情は、懐かしさや愛《いと》おしさではなく、恐怖に近かった。市川は私たちの前の椅子に君枝を座らせ、横に寄り添うように座った。

君枝は私の顔を食い入るようにジロジロと見ていた。ひどく長い沈黙の後に、君枝は言った。

「タツヒコかい」

「はい」

「母さんだよ」

君枝は微笑んだが、私には言い表せないような恐怖が生じていた。「母さんだよ」という言葉に上手に応えて微笑み返そうとしたが、緊張して顔はこわばった。彼女は、私が感じている緊張や恐怖を読み取ったのだろうか。眼差しは優しさから敵意に変わった。

「勉強して、おめも、小林先生みてえな医者になんな」

君枝は突き放すような口調で言った。

「君さん、息子さんだ、もっと話してやれや」

市川は言った。

「飯はちゃんと食べてるのか」

「はい」

「夜はちゃんと眠れてんのか」

「はい」

君枝の質問は単調であった。それはすっかり荒廃した心を表していたのかもしれない。もう帰りたいと思い、視線を君枝の顔からドアに移した瞬間、彼女は表情を硬くして、私を睨《にら》みつけるような表情になって声を荒らげた。

「どうせ、おなごさ一緒に来ているんだろ。外にいるんか。もうセックスはしたんか」

君枝は突然、怒りはじめた。私はどうしてよいかわからなくなった。君枝が放ったセックスという言葉で私は激しく混乱した。どうして、そんなことを息子に言うのだ。頭の中が処理しきれない感情でいっぱいになり、良吉になんとかしてほしいという視線を向けた。

良吉は、動揺することなく市川に向かって小さくうなずいた。市川が君枝に声をかけた。

「今日は、よかったなあ君さん、立派な息子さんに会えてな。先生から話があるので、二人はここで待っててください」

面会は終わった。

「今日は機嫌が悪いみてえだな、また来ようや」

良吉は私の肩に手を置き、耳元で言った。

私には深い失望と悲しみだけが残った。もう二度と君枝には会いたくないと思った。「セックスはしたんか」という言葉が頭の中で繰り返された。絹子に自分を救ってほしいと思い、絹子の顔を思い出そうとした。しかし絹子の顔は君枝のきつい顔にかき消された。

君枝が出ていった面会室で、私は呆然としたままカレンダーの湖の写真を見ながら座っていた。良吉は黙っていた。

ドアが開いた。

「タツヒコさんとお父さん、先生が呼んでます。診察室に入ってください」

もう一人の背の高い男性看護師が言った。

男性看護師に連れられ私たちはナースステーションの隣にある小林医師の診察室に入った。小林は、顎《あご》髭をはやして眼鏡をかけた小柄な医師だった。手脂のついた眼鏡の奥から二重《ふたえ》の大きな目で私をギロギロと見ながら、「勉強に集中できっか、気分はどうだ」「変な声は聞こえてこねか」と質問してきた。疲れきった私は何も答えることができなかった。小林のその様子は、私の体内に流れる君枝の血、その血が私の精神に変調を起こしていないかを確認しているように感じられた。

帰り際、小林医師は良吉に何かを告げていたが、聞き取れなかった。

儀式は終わり、私たちは病院の外に出た。私の下着は緊張と暑さでグッショリとぬれていた。

夏の日ざしは強かったが、蒸し風呂のような病院の中に比べれば少し涼しい気がした。川音が妙に大きく聞こえた。顔を上げて病院を囲む山々を見た。生い茂っている緑の葉が目に飛び込んできた時、やっと自分は解放されたという気持ちになった。

小林病院前のバス停では、老婆と中年の夫婦がバスを待っていた。ぼんやりと「小林病院」と書かれたバス停の看板を眺めていると、病院の周囲の木立から油蟬の鳴き声が突き刺さるように一斉に降ってきた。ものすごい音だった。頭の中に充満していく鳴き声は、実際に蟬が鳴いているのか耳鳴りなのかわからなくなった。

バスがやってきた。良吉と一緒にバスに乗り、一番後部の座席に座った。しばらく何も言わずに窓の外を見ていた。バスが山を下るにつれて蟬の鳴き声は小さくなり、聞こえなくなった。緊張していてのどが渇いていた。バスは坂を下りて港を経由しながら私の家のある高台に向かう。

いっときだけ水平線が見えた。

中学一年の夏、陽炎を追って海まで走ったことが思い出され、あの時に感じた激しい悲しみが再び湧き上がってきた。あの君枝という女性が母なのか、あの人が我が身を身ごもり、陣痛に耐え、自分をこの世に送り出した本当の母なのか。セックスはしたんか、という怒った君枝の声が何度も心の中で繰り返された。この時、私は、自分の中に流れている君枝の血を意識した。その血はどす黒く澱《よど》み、腐敗《ふはい》しているような気がした。できることなら私は自分の血を全部入れ替えたいと思った。

小林病院から帰る道はとても長く感じた。

高台の我が家に帰ると部屋に駆け上がり、思いきり窓を開けた。風が吹き込んできてカーテンが揺れた。もう一度窓の向こうに見える小林病院のある小山を見た。家と病院をつないでいるバス路線など廃線になればよい、二度と小林病院には行くものか、自分には本当の母などいないと思った。君枝のことを忘れようと思い、ヘッドホンをつけ大音量にして「ハイウェイ・スター」を聴いた。

私は君枝の存在を心から消した。そうしなければ、私自身が壊れてしまう気がしたからだ。君枝の見舞いに行く良吉が「おめも一緒にこねか」と言っても、「勉強が忙しい」と言い訳して断った。

私が君枝と会って以来、八巻という保健師が私の家に来るようになった。私が君枝と会ったことを聞いて、私と君枝の関係を修復したいと考えていたのであろう。八巻は君枝が書いた手紙を私に持ってきた。書かれていた内容の半分は、元気かとか、勉強してるかといった内容だが、残りの半分は意味が理解できなかった。

その後も八巻は三月に一回ほどの割合で手紙を持ってきたが、私はそれを開封もせずにゴミ箱に捨てた。

高校三年になると、私は担任から医学部に行くことを勧められた。一浪でもすればどこかの国立大学の医学部に入学できたかもしれない。しかし、浪人するだけの財力は家にはなかった。何よりも、私は一日も早く故郷を出て、過去を置いていきたかった。

私はお茶の水にある私立大学に合格して下北沢のアパートに住んだ。学費と生活費は、私のハンバーガーショップの夜掃除のバイトと良吉の退職金で賄《まかな》われた。

東京での生活は私を変え、バイトと音楽に熱中する毎日になった。高校時代からの夢であったドラムを習うために軽音楽部に入り、イアン・ペイスやジョン・ボーナムのドラムをコピーして毎日練習した。ドラムの響きは鬱積《うっせき》した私の感情を解放してくれた。勉強そっちのけでドラムに打ち込んだので、腕はグングン上がった。最初はレッド・ツェッペリンのコピーバンドに加わった。髪の毛を伸ばし、ベルボトムのジーンズを穿き、大学三年の春には女性ボーカルが中心のロックバンドのメンバーになった。そのバンドはちょっとした人気を博《はく》し、下北沢や渋谷のライブハウスでのライブにはファンが集まるようになった。ドラムを叩くたびに過去の自分が遠ざかり、澱んだ血液が浄化されていく気がした。

良吉は月の仕送りと一緒に手紙をくれた。最初は簡単な返事を書いていたが、入学して半年もすると面倒くさくなってしまった。良吉の手紙では君枝についても時々触れられていたが、読むたびに私の心は否応《いやおう》なしに故郷に引き戻されたので、仕送りだけ抜いて手紙は読まずに机の奥に押し込むようになった。

大学二年の時、良吉の体が悪くなった。私を一人前にしたという安堵感からか、私が上京し家を離れて寂しかったのか、酒量が増えた。持病の糖尿病が悪化したのだ。私が東京での生活に慣れ故郷が遠くになるのと並行し、糖尿病は、視力障害、神経障害、腎障害と良吉の体のすべてを蝕《むしば》んだ。

やがて、右足の先が糖尿病からくる血管障害で壊疽《えそ》を起こし、切断を余儀なくされた。左足一本になった良吉は絹子の介護で生活を送っていたが、私の卒業前、大学三年の冬の寒い日に亡くなった。

葬儀のために故郷に帰った私は自分の部屋に一晩だけ泊まったが、そこはもう自分の世界ではないと思った。当時の私には、君枝の住む町から離れたいという気持ちしかなく、葬儀が終わると逃げるようにして東京に戻った。悲しみや感傷は、当時の自分には必要のないものであった。

大学四年の夏、一人暮らしになった絹子が一度だけ上京してきた。ほとんど連絡がなかった私を心配して、故郷から出てきたのである。東北新幹線が開通したばかりの東京駅まで絹子を迎えに行った。八重洲《やえす》口を出て絹子と一緒に喫茶店に入り、私はコーヒーを頼み、絹子には紅茶を頼んだ。

「とうちゃんもぉ、いなくなって、かあちゃんは一人で何もおもしろいことねぇ。おめもたまには帰ってこいや。八巻さんから君枝のことは聞いとるが、ずいぶんよくなってるって話だぁ。おめが帰ってくる日に合わせて外泊だってさせられるって八巻さんは言ってたぁ。おめさえよければ正月にけぇってこいや」

東北弁で話す絹子に隣の若い女性の視線が集まるような気がした。自分の過去が今の自分を押しつぶしてくる。私の気分は重くなった。

「勉強があるし、バイトの予定を入れてんだ」

私は嘘をついた。

「そっか、そんじゃしかたね」

絹子はひどく悲しそうな表情をした。このまま絹子と一緒にいると、自分の中にある田舎《いなか》者の劣等感がとてつもなく膨《ふく》らんでいく気がした。

「もう、バイトがあるから帰るよ」

私はもう一度嘘をついた。

絹子を東京駅まで送り、東北新幹線の待合室まで連れていくと、私は中央線に乗った。

お茶の水駅で降りて、いつも行く楽器店の前を歩いている時に、悲しみが湧き上がってきた。同時に、激しい後悔の念が私を襲ってきた。「正月は帰るよ」と言ってあげようと思った。駅に走って中央線に乗り、東京駅まで引き返し、新幹線の待合室に絹子を捜した。もう、そこに絹子はいなかった。

私は長い髪を切り、都内の企業への就職活動を開始した。何の会社でもよかった。好きな音楽がやれて、安定した会社なら、どこでも就職するつもりであった。音楽関連の会社や芸能関連の会社も受けたが、どれも採用してもらえなかった。結局、落ちる覚悟で応募した今の製薬会社だけが内定通知をくれた。

その年の正月、結局私は故郷に戻らなかった。良吉の一周忌にも帰らなかった。一周忌の五日後、絹子は急性心筋梗塞《こうそく》で入院した。八巻が電話をしてきた。私は急いで帰郷したが、すでに意識はなく、集中治療室の中にいた。

私が帰郷して二日後に絹子は亡くなった。喪主は私が行ったが、すべてのお膳立《ぜんだ》てを親戚と八巻が行ってくれた。あの時のことはほとんど思い出せない。実感のある記憶として私の心の中に収まってはいない。当時の私にとって故郷は、私を惑わす対象以外の何物でもなかった。

故郷を後にする私に向かって八巻は「ここには戻らねえのか」と言ったが、私は「東京の会社に仕事が決まったから……」と述べた。八巻は黙っていた。

今になって思えば、絹子の死は、命日反応だったのだと思う。赤坂に聞いたことがあるが、配偶者が亡くなった命日前後に体調を悪くしたりする患者が多いのだという。

二人の死にまつわる思い出は、都会の忙しい生活の中に忘れ去られていった。というよりも、忘れるために東京の生活に自分を染め上げたのだ。

あの頃の私は、ドラムスティックを振り上げてスネアやシンバルを叩いていれば、故郷の思い出を意識から消せたのである。

五

シャーッと勢いよくカーテンを開ける音で、目が覚めた。瞼の上から感じる強い日ざしを避けるため、体の向きを変えて布団をかぶった。昨夜の〝ムーンチャイルド〟のアルコールがまだ残っている。全身の毛穴からウィスキーのにおいがして、胃のあたりが痛く、ひどくのどが渇いていた。

「いつまで寝てるのよ」

頭の上から麻奈美の声がした。

「今、何時だ?」

布団の中から答える。

「もう、お昼よ、ナポリタンつくっておいたから。食べたら食器洗っておいてね」

「ああ」

私はもう一度向きを変えてうずくまった。

「買い物に行ってきますね」

「ああ、わかった」

麻奈美は日曜日のたびに都内のデパートに買い物に行く。ハイヒールを履く音がし、続いてガチャンと外から玄関の鍵を閉める音がした。子供たちは家にはいなかった。塾に行ったのだろう。

立ち上がると目眩《めまい》がして転びそうになった。のどがカラカラに渇いていた。ふらつく体でダイニングに行き、立て続けに水を三杯飲んだ。胃は痛かったが、腹がすいていた。テーブルの上にあったナポリタンを食べ、冷蔵庫から牛乳パックを出して直接、一気に飲んだ。ソファに横になってテレビをつけると、マスコミに何度も登場する精神科医が、乳幼児虐待について「子育て支援が必要」「お母さんたちはストレスを子供に向けてしまう」などとつまらないコメントをしていた。

突然、上腹部からのどにかけて激しい不快感が上がってきた。トイレに駆け込み、すべての食べ物を吐いた。吐ききれないので、三本の指をのどの奥につっこみ、吐き気を誘発させた。黄色い液が出るまで吐き続けると、気分は楽になった。

毛穴に残っているアルコールを洗い流すようにシャワーで念入りに体を洗うと、マンションを出た。

頭の上には黒く重い雲が覆っている。何かで突くとポタポタと雨が降ってきそうだ。駅前のスターバックスコーヒーに入り、カフェラテを頼んだ。カフェインの作用で少し気分は楽になった。隣の席では若いカップルが、外国旅行のパンフレットを見ながら談笑している。スーツを着た男は髪の毛をきちんと分けていて、いかにも堅い仕事という雰囲気だ。女は化粧っけがなくて幼い顔立ちをしていた。女は、男の手に触れながら、甘えた声で話しかけている。

私は二十代の頃の自分と麻奈美を彼らに重ねた。私が通った大学は、古くからお嬢様大学として知られる聖隷《せいれい》女子大とサークル活動を通した交流が盛んであった。私のドラムの腕は周囲から重宝され、聖隷女子大のバンドにも駆り出された。大学三年の時、ドラムで参加してほしいと頼まれたバンドに一年の麻奈美がいた。キーボードの麻奈美は小柄で色白でニコニコと笑っていた。生温《なまぬる》いコロナビールのような音しか出せない冴《さ》えないバンドだったが、学園祭の演奏に参加すると喜ばれた。

麻奈美は鎌倉出身で、出会った当時、彼女の父親は帝都《ていと》大学文学部の教授であった。イタリア文学が専門で、麻奈美が小学校に入るまでは家族を連れてイタリアに留学していた。弟は内科医院、妹は歯科医院を開業していた。麻奈美の祖父がもともと開業医で、その両隣に内科医院と歯科医院を建てたということだった。麻奈美の父は、医者にしたいという祖父の意向に逆らって文学部に行ったが、のちにそれを後悔することになった。

麻奈美は父親と専業主婦の母親と三人家族で、祖父から譲り受けた大きな屋敷の一人娘として何不自由なく育った。麻奈美の学校は、附属女子中学から大学までエスカレーター式に上がり、多くは大学卒業後にＯＬを数年経験して「高学歴、高身長、高収入」と言われるような結婚相手を探して結婚するようなお嬢様養成校であった。

学生時代の麻奈美は無遠慮な冗談を平気で他人に言ったが、相手を卑屈《ひくつ》にさせない

笑っては真似《まね》してことも東北弁のことも真似してしまう東北弁のことも

明るさがあった。麻奈美は、私が無意識に使ってしまう東北弁のことも真似《まね》しては笑ったが、その笑いは私を卑屈にはさせなかった。都会の華やかで明るい上流社会を全身で体現し、私が心に抱えている田舎者特有の劣等感や陰鬱な気分を埋めてくれた。麻奈美は私の素朴さに惹《ひ》かれ、私は麻奈美の明るさと知的な核家族のイメージに惹かれた。

麻奈美はある日、私を両親に紹介した。招かれた私はひどく固くなっていたが、品がよく人慣れしている両親は、私の緊張をほぐすように話しかけてきた。

「最近、ご両親を続けて亡くされたんですって。つらかったでしょう」

麻奈美の母親が訊く。

「君も寂しいだろうから、我々を両親と思えばいい」

顎鬚をなでながら父親が話す。

「タツヒコさん、あの竹村製薬に採用が決まったのよ」

麻奈美がフォローを入れる。

二人の結婚が、大きな反対もなくうまくいったのは、私に親戚とのわずらわしい関係が一切なかったためだ。父親は麻奈美を医者の妻にしたがっていたが、私への恋にすっかり舞い上がっている麻奈美と、東証一部上場の製薬会社への就職が決まっていた私との婚約には強く反対しなかった。良吉と絹子が亡くなったことは、麻奈美を自分の近くに置けるという期待につながっていたのであろう。私は、麻奈美にも麻奈美の両親にも、君枝のことは一切言わなかった。それを言えば、すべてが消え去ることを知っていたからだ。

それは、結婚して七年目のことだった。

当時、祐太を青山の私立小学校に通わせるために、私たちは高層ビルが見える新宿の賃貸マンションに住んでいた。夕食を終えた日曜の八時頃に電話が鳴った。受話器を持つ麻奈美は怪訝《けげん》な顔をして首を横に曲げた。

「タツヒコさんいるかだって？」

「誰からだ」

「聞き取れなかったわ……」

私はビールグラスを置いて電話を代わった。

「タツヒコかい、元気かの」

受話器の向こうに君枝の声がした。

「…………」

君枝の声は安定した生活に侵入してきた異物であり、消し去っていたはずの過去であった。驚きと同時に怒りが湧き上がった。

「わたしはタツヒコといいます。タツヒロではありませんよ。番号、違ってますよ」

私は間違い電話を装って受話器を置いた。

「間違い電話なの」

「ああ」

「なーんだ」

「タツヒロという人と間違えたみたいだな」

「なんで名字でなくて、名前を間違えたのかしら」

激しい動悸《どうき》がしていたので表情に出ていたのかもしれない。

「どうしたの、顔色悪いわよ」

いっそのこと君枝のことを麻奈美に語ってしまおうと思い、ビールを二杯立て続けに飲んだ。麻奈美は蒲鉾《かまぼこ》をビール瓶の横に置いて流し台に戻った。流し台の前に立つ麻奈美の背を見て、告白の勢いをつけた。今日なのかもしれない、麻奈美ならわかってくれるかもしれない。そうしたら夫婦で君枝に会いに行けるかもしれないと思った。

「あのなあ」

私が言いかけた時、麻奈美が振り返り、口を開いた。

「なんだか、変な電話だったわよね、頭のおかしい人かしら。三階の山本さんの奥さん、うつ病ですって。あそこまだ、子供いなかったわよね。うつ病って、遺伝なんてしないわよね？」

告白の勢いは失速した。麻奈美やその周辺にいる人々と故郷に置いてきた過去の間には深い溝《みぞ》があった。そして、その溝は一生、埋まることはないと思った。

私はビールをグラスに注いでもう一度、一気に飲んだ。そして、君枝のことは絶対に言うまいと心に誓った。

一人でベランダに出た。都会の夏の空気は蒸し暑かった。新宿の高層ビルに点滅する明かりが蛍《ほたる》のように見えた。ベランダに肘をつき、マイルドセブンに火をつけて、その高層ビルの明かりをぼんやりと見ていた。やがて蛍は涙で見えなくなった。

翌日、私は会社から八巻に連絡して、自分の携帯の電話番号を君枝に伝えてくれるように言った。

「ありがとな、君さんに伝えとくからの」

八巻は言った。しかし、その後、君枝からも八巻からも電話は一度もなかった。君枝や八巻のことをどこかで気にしている自分がいたが、自分から八巻に電話をすることはなかった。自ら故郷との間に距離をとり続けなければ、平和な生活が壊されてしまう恐怖があった。

あの電話から十年の歳月が流れ、私たちは大宮に4LDKのマンションを買った。頭金の半分は麻奈美の両親が援助してくれた。麻奈美はこの、公園近くの新築マンションの最上階を気に入っている。イタリア製のダイニングセットは麻奈美の両親が引っ越しの時にプレゼントしてくれたものである。毎日、リビングに花を飾ったり、寝室の壁にパッチワークを飾ったりしながら、私や二人の子供の帰りを待ち、その生活には満足しているようだった。

祐太は附属高校までエスカレーター式に上がり、優理も同じ附属中学に入学した。私は知的中流家庭で夫となり父親となり、西新宿のオフィスに通う生活を築いたのである。

しかし、生活が幸せで埋まっていくにつれ、私の内面には言い表せないような気分が湧き上がってくるのであった。夜の発作がそうした気分と心の奥深いところでつながっていることも、どことなく理解していた。

大宮駅には、遠くに追いやってしまった故郷と自分をつないでいる東北新幹線が乗り入れている。駅の構内には、北東北へ向かう旅のポスターがたくさん貼られていた。そうしたポスターを見るたびに、大宮を選んだ本当の理由は、マンションの立地条件や広さとかといったことよりも、このポスターにあるのではないかと思った。

六

公園の木々の葉は赤や黄色に変わりはじめ、歩道の脇には落ち葉が積もっていた。ベンチで寝ていた男を最近は見ない。冷え込みが出てきたので、どこかに移動したのであろう。公園を歩く朝の空気は冷たくなった。デイパックの青年も同じ時間に会わなくなった。バイトの時間が変わったのかもしれない。

十一月中旬、麻奈美の両親が大宮に引っ越してくることになった。同じマンションの一室が賃貸で出たことを麻奈美が知らせると、鎌倉の家を相場よりも安い金で貸して引っ越してきた。麻奈美の両親は七階に住むことになった。麻奈美の父は週に二日だけ、都内の大学へ講義に通えばよかったので、ほとんど家にいる。

「どうせなら、毎日一緒に夕食を食べたらどうだ」

私は麻奈美に言った。家族四人よりも六人のほうが、私は気を遣《つか》わずにすむ。麻奈美や子供たちと麻奈美の両親の会話が増えれば、私は相手をしなくていいからだ。家族の中の夫や父親としての役割は希釈《きしゃく》される。

麻奈美の父は、シルバーグレーの髪の毛に品のよい顎髭を蓄えていて、いかにも文学部教授といった面持ちである。帝都大学教授を定年退職した後、私立大学に勤務し、悠々自適の生活を送っていた。

祐太は偏差値が5上がり、最低ランクの私立の医学部がなんとか合格圏内に入った。兄の成績が上がったのを知ると、優理も理科系の塾に行きたいと言いはじめた。麻奈美の父は「お前も女医さんになるといい」と言った。私は、おっとりした祐太より、勝ち気で持続力がある優理のほうが医者に向いていると思っていた。

私の仕事も、合併に向けて忙しくなった。ドイツの会社から打ち合わせに来た社員の日本での接待役を担うことになり、私は少しの間、営業から外れることになった。通訳の女子社員と一緒に、ドイツから来た社員三人を鎌倉に案内した。北鎌倉から円覚寺、建長寺、鶴岡八幡宮を見て江ノ電に乗り、長谷寺と鎌倉大仏を見るというお決まりのコースである。一日で回るのにはちょうどいいコースを、麻奈美の父が丁寧に地図を書いて教えてくれた。行く先々で「ビューティフル」を連発する彼らの会話につきあい、長谷寺に歩いていくと途中に麻奈美の生家があった。何度も足を運んだことがあるが、改めて眺めてみると大きな屋敷だと思う。欅《けやき》の木が周囲を囲んだ屋敷は鎌倉の景観にすっかり溶け込んでいた。こんな広い家は老夫婦二人には確かにもったいない。

しばらくして合併に関する一連の仕事が一段落したので、一ヶ月ぶりに佐伯病院を訪れた。

病院を囲む銀杏の葉も黄色に染まりはじめていた。いつものように医局の前で待っていると、角刈り研修医が階段を上ってきた。角刈り研修医の髪の毛はすっかり伸びて、もう角刈りではなかった。佐伯の助言どおりに雰囲気は少し柔らかくなっていた。いつもは頭を下げるだけだった彼が医局の前の廊下で珍しく話しかけてきた。

「綾部さんの会社って、合併するんでしょう」

「ええ」

私は角刈り研修医と話をしながら医局に入った。

「外資が入ってくるのは業界の流れなんですよ。薬品開発は向こうのが進んでますからね」

「今度また新しい抗うつ薬が出るみたいですね」

「このところの、新薬ラッシュで業界も大変ですよ」

「そうだ、文献をありがとうございました」

一ヶ月前に、私は角刈り研修医の机の上に依頼された新薬の文献を置いていたのだ。

三十分くらいすると赤坂が新しく入局した研修医と一緒に戻ってきた。彼女は白いワイシャツとジーンズの上に白衣を着ていた。長かった髪はカットされ、クロスウェーブにしていた。ウェーブのかかった髪型が小さい卵型の顔に似合っている。赤坂の横に立っている新しい研修医は、大学生のような幼い感じの太った女性で、ひどく緊張しているように見えた。

「祐太君どう?　勉強してる?」

赤坂は私に視線を向けて言った。

「どうでしょうかねぇ。あいつは、のんびりしてますからねぇ」

「私たちの高校ってさぁ、自分で勉強しないとダメよ。結局、私は一浪したけど、祐太君、頑張らせないとダメ。タメカツはさあ、系列大学に進学させたいから、外部受験に熱心じゃないのよね」

タメカツという赤坂の高校時代の担任が、今の祐太の担任であった。為末勝之《ためすえかつゆき》という名前なのでタメカツというあだ名で、十年以上前から生徒からそう呼ばれているらしい。祐太の学校は生徒が先生をあだ名で呼んでも怒られない。赤坂の自由で垢《あか》ぬけた感じは、祐太や優理の通う学校の生徒の特長であった。

私は新しい研修医に名刺を渡した。「ありがとうございます」と緊張した面持ちの研修医は、顔を少し赤くして返事をした。一年も働けば、彼女も角刈り研修医のように柔らかくなるだろうか。そんなことを思いながら私は病院を出た。

その夜、私は瀬川と派遣の女子社員二人と夕食に行った。一人は髪の長い小柄な女性で、もう一人は髪の短い長身の女性だった。新大久保の韓国街にカムジャタンという美味《うま》い豚背骨スープを食べさせてくれる店があることを、瀬川はどこかで聞いてきて、新しく派遣された女子社員との飲み会を企画した。瀬川につきあってこうした飲み会に行くことが年に数回はある。

会社からタクシーで西武新宿駅まで行き、カプセルホテルの前を歩き、職安通りを右に曲がってしばらく歩くと店があった。安っぽいテーブルと椅子が並んだ小さな店で、ハングルのメニューとキムチのにおいが韓国気分を盛り上げてくれる。

瀬川は派遣社員を相手に、二回ほど出張で行った韓国の話をしている。

「どこに行ってもキムチが出るんだよ。それが全部、味が違って、やっぱり本物は違うんだよね」

「ハングルは習うとすぐわかるから、少し習ってから行くといい。よかったらハングル一緒に習わない？」

「カムサハムニダ」とか「アンニョンハセヨ」と、習得中の韓国語を派遣社員に言ったりしているが、少しも笑いがとれない。酔った瀬川に疲れたのか、二人の派遣社員はテグタンスープを飲んでいる私のほうを向いて話しかけてきた。

「綾部さんって、ゴルフはしますか」

「いや、しない。スキーはするけどね」

「私もするんですよ」

「私たち、ニセコに去年行ったんですよ」

「ニセコは雪がいいでしょ。僕も二回くらい行ったことがある」

「ニセコ、いいわよねえ」

二人は声を揃えて言った。こういう場を瀬川はよく設定するのだが、だいたい、いつも女子社員は私のほうに近寄ってくる。

「お前のところは結婚して何年になる」

瀬川はけん制球を投げるように結婚の話題を私にふった。

「もうすぐ二十年だな」

「よく持つな、俺には信じられない」

「お前のように、女性にもてないからだよ」

「綾部さん、結婚が長続きする方法って何ですか」

髪の長いほうが訊いてきた。面倒くさい質問だ。

「まあ、あまり自分を出さないことだな」

私はスープの中に沈んでいるテールの切れ端を探しながら答えた。

「綾部さん、奥さんの前でも自分を出さないんですか」

今度は髪の短いほうが言った。私はテールの切れ端をスプーンですくって口に入れた。

「きっと、そこがちょっとミステリアスで魅力的なのよ」

彼女たちの言うことは当たっている。過去のことを一切話さない私は、麻奈美と本当の意味で向き合っていない。彼らとの関係に上手に合わせることで微妙にバランスを保っているのも事実だ。

質問にいちいち答えたくない私は、マッコリを一気に飲んで「夫婦ってのはね、互いを知らないことで安定することもあるんだよ」と思いきり現実的なことを言ってやった。

「えー、夫婦で秘密を持つなんていけないわよねえ」と二人は声を合わせる。すっかり鬱陶しくなり、さっきからカムジャタンの背骨肉にかぶりついている瀬川に訊いた。

「お前はどう思うんだ?」

「う、うん、俺は秘密だらけだ」

「聞くだけ野暮《やぼ》だったな」

ひとしきり飲んで、「二次会は思い出横丁に行こう」と新宿駅に向かって歩きだした。瀬川は酔っ払って韓国語を羅列して、日本語とチャンポンでしゃべっている。派遣社員は酔った中年男の相手にも飽きたのか、二メートルくらい後ろを歩いて二人で話していた。

西武新宿駅のそばの「αクラブ」というホストクラブの前に人だかりができていて、中心に派手な服を着た中年女が横たわっている。近づいてみると道路に投げ出された左手首がザックリと切れていて、直径十センチくらいの血の池ができていた。シャツに血のついたホスト風の男が、心配した様子で女の横にしゃがみ込んでいる。

すぐにサイレンが近づいてきて、救急車から二人の隊員が降りると、「どいて、どいて」と大きな声をあげた。救急隊員は、ホスト風の男とやりとりをした後、女に声をかけ、上腕を縛って手際よく止血処置をすると切り傷にガーゼをあてて包帯を巻き、担架に乗せて救急車に収容した。ホスト風の男は救急隊員に声をかけ、女に付き添って救急車に乗り込んでいった。

サイレンとともに救急車は去っていった。

「ホストに熱上げたけど、相手にされなかったんだよ」

瀬川は言った。派遣社員が「今日はもう帰ります」と言ったので、私と瀬川は新宿駅へ二人を送った。

七

十一月下旬、東和大学の教授選が行われた。当初の予想は外れ、教授は東和大でも帝都大でもない浪速《なにわ》医大の三十代の准教授に決まった。瀬川の情報によれば、医局長が辞表を持って穂刈の不正を学部長に告発したことが発端で、教授会は精神科医局の体質を変えるために、まったく新しい人選をしたらしい。

私の身辺も慌ただしく動きだした。会社は具体的に合併の話が進みつつあり、十二月になると新会社での組織編成もはっきりし、経済新聞に載ることが増えた。

私は丸の内にある東京本社の抗がん剤部門への異動と、課長昇格の内示を受けた。合併先の開発商品である抗がん剤が次年度からの戦略商品であった。

瀬川は大阪支店の課長に昇格した。私と瀬川の佐伯病院への貢献が本社に評価されたのである。朝の職場で瀬川は握手を求めてきた。

「やったな、おい！」

「ああ、お前ともお別れだな」

「ぱあっと飲みに行こうや」

昇格の内示を受けたものの、私の心中は複雑であった。胸の穴がまた大きくなった気がした。本社の抗がん剤部に移れば精神科に足を運ぶことはなくなる。長い間、関係を築いてきた病院や診療所の医師たちと離れる寂しさのほうが、昇格の喜びよりも強かった。

内示が出た四日後、私は体調不良と偽って会社を昼に早退した。胸に空いた穴に冷たい風が吹き込んでくる。身も心も暖まりたかった。新宿西口に行き、カメラ屋の前を通り過ぎて、思い出横町に入った。焼き鳥やモツ煮のにおいと炭火の煙が充満した、カウンターだけの店が十数軒並ぶこの場所だけは、昭和で時が止まっている。そこは大都会の中心に空いたタイムトンネルである。私にはそこが、はるか昔の故郷の酒場につながっているように思えた。

横町の中ほどにある、昼から開いているカウンターだけの狭い店に入った。一番奥には競馬新聞を読みながらビールを飲んでいる初老の男が、その隣には水商売風の女性と中年男性がいた。初老の男のほうが私を見て会釈《えしゃく》した。前に一度、ここで会ったことがある男だ。互いに名前も何をしているのかも知らないが、この場所では適当な距離感を持って飲み仲間になることができた。

私は厚揚げと焼酎のお湯割りを注文した。生姜《しょうが》とネギがのった焼きたての厚揚げに醤油《しょうゆ》をかけて一切れ口に入れ、お湯割りを飲む。幾分気分は楽になっていった。しかし二杯、三杯と飲み、酔いが回ると、記憶の断片と一緒に故郷を彷徨《さまよ》いはじめている自分がいる。

精神を病んだ君枝の子を、本当の子供のように育ててくれた二人はもうこの世にはいない。大学時代の私は故郷に帰れないと自分に言い訳をしていた。本当の両親でなくても、私をここまで育てたのは良吉と絹子だ。忘れていた記憶に伴い、養父母を失った悲しみや後悔の念が心に湧き上がった。

優しかった絹子、良吉としたキャッチボール。家族で何度も行った隣町の水族館。中学や高校の友人たち。故郷で過ごした日々が、飲めば飲むほど心に浮かび上がってくる。

その夜の私は横町の狭い路地を行ったり来たりしながら三軒の店をハシゴした。

翌朝、麻奈美に課長昇格を知らせると、「すごいじゃない、お祝いしないといけないわ」と両親に電話をした。麻奈美と麻奈美の母が松阪牛を大量に買ってきて、その晩はすき焼きパーティーになった。この家は、何かあるたびにパーティーをやる。麻奈美と麻奈美の母がダイニングの中で二人並んで料理をし、麻奈美の父がお気に入りのワインを開け、子供たちが学校の自慢話をする。いつものパターンである。

「じゃあ、タツヒコ君、乾杯といこう。さあ、麻奈美もこっちに来て、一緒に飲んだらどうだ」

「そうそう、母さんも座って、皆で乾杯だ。ほらほら早くしなさい」

麻奈美の父はご機嫌になって場をしきっている。

「抗がん剤部門じゃ、これからは外科医や内科医とのつきあいが増えるだろう。麻奈美、新しいスーツを揃えてあげなさい。精神科医と違って外科医や内科医には金がある」

外科医の家で育った麻奈美の父は、外科医や内科医が精神科医よりも地位も金もあると思っている。これまではそういった発言や態度に自分を合わせることができたが、精神科を離れることが決まった私には、なぜかその余裕がなかった。

「外科医なんてのは、切ったり張ったりするだけで何も考えてませんよ」

すき焼きの肉を卵につけながら、麻奈美の父に皮肉を言ってしまった。麻奈美の父は見たこともない私の態度に、ビックリしたような顔をしている。

「精神科回りから離れられるじゃない。これで患者さんと勘違いされないわ。一度、あなたが板橋の精神病院に入っていくのを上田さんの奥さんが偶然見かけて、しばらく変な噂が流れて困ったわ、嫌よねえ」

麻奈美はワインを飲みながら言った。

「お前なあ、患者さんを差別するようなことを言うな！」

私は箸をテーブルに置き、麻奈美に怒鳴った。

「えっ」と麻奈美は言って、それから途方に暮れた表情になった。その表情を見ると無性に腹が立ってきた。

「俺の職場の文句を言うな」

すき焼きの肉とネギを口に入れたが、怒りで味もわからない。

「タツヒコ君、まあまあ気を取り直して」

麻奈美の父が、私のグラスにワインを注いだ。

「今日のタツヒコさんは、疲れているんでしょ。さあさ、みんなでお肉を食べましょう」

すき焼き鍋に野菜と肉を入れながら麻奈美の母が言った。その場にいるのが耐えられなくなった。

「先に休みます」

私は家族に告げ、逃げるように寝室に入った。しばらく寝転んで天井をぼんやりと見ていた。眠気が襲ってきた時、ドアが静かに開いた。

「パパぁ、どうしたのぉ、大丈夫」
ドアから顔を出した優理が言った。
「疲れているだけだよ、おやすみ」と答えた。
多感な優理だけが、私の気分の変化に気づいているのかもしれない。

昇格の知らせの後から、心の奥深い部分に言い表せない変化が起きている。それが何なのかわからない。精神科から離れることが、これほど自分に影響するとは思っていなかった。胸に空いた穴は確実に大きくなっている。人生を彷徨いはじめたような感覚が湧き上がる。昇進という現実とは裏腹に、夜の発作が毎日起こるようになった。

このままでは、私は巨大になった穴から闇の世界に引きずり込まれてしまう。穴は自分だけではなく、家族をも引きずり込んでしまう。

佐伯の顔が浮かんだ。佐伯に相談してみよう。彼なら何か答えをくれるかもしれない。

しばらくぶりに佐伯病院を訪れ、医局で新聞を読む佐伯を見つけた。外来診療が終わる午後三時、その日は医局に誰もいなかった。

「佐伯先生……」

私は声をかけた。

「ああ、俺の部屋に来い」

佐伯は私を一瞥《いちべつ》するなり言った。精神科医の診断は直感が大事だと佐伯から聞いたことがある。佐伯は、私の全身に漂う雰囲気から心の状態を読み取ったのだろう。

佐伯の後についていき、院長室に初めて入った。広い部屋の本棚には、洋書も交ざったおびただしい蔵書が並んでいる。大きな樫《かし》の机の上にはたくさんの書類が積まれている。机の前のガラステーブルには国内外の雑誌が乱雑に置いてあり、陶器の灰皿は吸い殻の山になっていた。

「そこに、座れよ」

佐伯はガラステーブルを挟んで置いてあるソファを指さした。私が座ると、佐伯は私の前のソファに座った。

「気になることから、話せばいい」

何から話したらいいのか、わからなかった。

「症状はあるのか」

「夜中に夢を見て呼吸が荒くなり、必ず起きてしまうので、叔父からもらったアルプラゾラムを使っていました」

「フラッシュバックだろうな」

「ええ、たぶん」

「そうか、何が原因だと思っている」

「過去かもしれません」

佐伯は私の気持ちを汲みながら話を掘り下げていった。私は養父母に育てられたことと、君枝と初めて会った時のことを話した。

佐伯は私を真っ直ぐ見て、しばらく話を聞いていた。

「お前も、背負っていたんだよ」

佐伯が口を開いた。

「何をですか」

「サバイバー・ギルトだ」

「…………」

Survivor guilt
佐伯は、机の上のメモにボールペンで走り書きして私に手渡した。それからキャビンを一本抜いて火をつけて天井に向かって煙を吐くと、静かに話しはじめた。

「生き残りの罪悪感さ。自分だけが幸せになっていく時、こいつが悪さをする。ホロコーストの生き残りや、戦争帰還兵たちは、うつになったり、酒に溺れたりする。こいつは無意識にあるから普段はわからない。しかし、サバイバー・ギルトが人を退廃や放埒《ほうらつ》へと向かわせる」

私は幸福な人生を送っていると思っていた。良吉と絹子から申し分のない愛情を受け、大学まで出してもらい、上場一流企業に勤め、資産家の娘と結婚して子供をもうけ、妻の両親ともうまくやっている。どこから見ても理想的な人生といえるものを、私は手にしていたはずであった。

自分だけが幸せになっていくことへの罪悪感——

「都会に出てきた地方出身者には、過去を切り離してくる連中がいる。感情的切断ってやつだ。そうして表面的にとりつくろって過剰適応するんだよ。だけどな、過去ってのは忘れようとすればするほど追いかけてくる。それはお前が一番わかっているだろう」

そのとおりであった。私は、故郷との関わりを絶つことで、過去を遠くに置くことができた。しかし今は、故郷を捨てようともがきながら、それを捨てきれず都会の中で彷徨いはじめている。

「お前は養父母に対して、育ててもらった恩を返す機会を失っている。だがそれは、もう取り返しのつかないもので、すでに過去のことだ。それだけがお前を苛《さいな》んでいるとは考えづらい。お前には、もう一つの罪悪感がある。本当の母親は生きているんだろう。お前は母親を故郷に置いたままにしている。置き去りにしている罪悪感が、綾部の無意識にあるんだよ。その罪悪感は、お前が成功すればするほど強くなる」

東京の仕事や家族の中に自分を置き、都市生活の色に自分を染めていけばいくほど、外の世界とは裏腹に内面には空しさが湧き上がっていた。それは大宮に転居し、生活が安定すればするほど、強くなっていった。

私は、良吉と絹子に、申し訳ないという気持ちは持っている。実際、二人への思い出に向き合うために〝ムーンチャイルド〟に通っている。そして、良吉と絹子との日々を思い出すことが、養父母に向けた恩返しだと思っていた。

しかし、今、私を苦しめている罪悪感は、ほとんど意識に上ることのなかった君枝の存在なのだ。

さまざまな体験からなるジグソーパズルの断片が、佐伯の言葉によって形を作りはじめていた。

「お前は、無意識の中で母親に毎日会っている。製薬会社に入って精神科を回って、新薬を紹介し、お前は精神医療に貢献してきたじゃないか。それは母親への償《つぐな》いの気持ちだ。しかし今、昇進と異動が、お前を母親から遠ざけようとしている。それが胸に穴を空けるんだよ。母親を置いたまま、自分だけ幸福になっていく罪悪感——原因はサバイバー・ギルトだ」

佐伯は、心の蓋《ふた》を上手に開けていく。そこから湧き上がる感情が私自身を破壊しないように言葉を添えていく。私は、佐伯と一緒に自分の内面にある観念や感情を一つ一つ確認していった。

「綾部よ、母親への思いを統合しなきゃいけない。統合には悲しみが伴う」

佐伯はキャメルを揉み消しながら言った。

八

サバイバー・ギルト——

心の奥に君枝がいる。

今頃、君枝はどうしているのだろう。今の私に何ができるというのだ。君枝と会うことが、心を救ってくれるのだろうか。君枝に会ったところで、彼女は私のことを思い出してくれはしないだろう。高校の時のように脈絡のないことを言われるだけだ。そして、あの時と同じように傷つくだけだ。岩手に行く理由を麻奈美に説明することはできない。君枝に会いに行けば、今の生活を破壊することになる。

君枝のことは封印して、前に歩いていけばよい。私にできることは、この生活を守ることしかない。すべてを以前のように心の奥に納めればよいのだ。しかし、意識ではそう思っていても、サバイバー・ギルトがそれを許してくれなかった。

夜の発作は頻回《ひんかい》になり、安定剤を一晩で二回も三回も飲むようになった。毎晩のように〝ムーンチャイルド〟に行き、酒量は増えた。痛飲と嘔吐《おうと》が体も心もボロボロにしていく。表面をとりつくろい、適応しようとすればするほど、空しさが襲った。以前のように闇の力を振り切り自分を維持することができない。都会で築いた華やかな世界、その輝く光が、私を救ってくれたはずではなかったのか。置いてきた過去が私を許してくれない。

いつものように〝ムーンチャイルド〟で飲んでいた時だ。キング・クリムゾンの「エピタフ」が大音量で流れてきた。『混乱こそが我が墓標銘になる……』とグレッグ・レイクが歌う。そして、ロバート・フリップのギターとマイケル・ジャイルズのドラム。音が重なり情感を盛り上げていく。酔いが回ったのであろうか。バリー・ゴッドバーの描いたレコードジャケットの奇妙な絵をぼんやり見ていると、離人感のような感覚が私を襲った。その時——「タツヒコ」と、以前に電話で聞いた声が、一瞬、聞こえたような気がした。

その三日後、私は朝からミーティングがあったので午前九時に会社に着いた。

「綾部さん、電話が一件入ってました」

以前、カムジャタンを一緒に食べた髪の短い派遣社員が、小さなメモを私に手渡した。メモには電話番号と、「八巻」という文字が書いてあった。市外局番と市内局番は故郷の番号である。心臓がズキンとして動悸が始まり、どんどん速くなっていく。フロアにいるスタッフ全員の視線が私に注がれている気がする。私は足早にエレベーターホールに向かった。夜の発作が出現しそうだ。大きく深呼吸をして、私は携帯から八巻に電話を入れた。

「もしもし、八巻さんですか」

声が震えた。

「綾部さんか。……亡くなった」

東北なまりの力のない声が聞こえてきた。

「え？」

「君さんが亡くなっただ」

それを聞いた瞬間、三十三階の自分が立っている足下の床が抜け、地面に落下していくような感覚が襲った。ガラスの向こうに見えている歓楽街が輪郭を失いはじめ、やがて目の前が真っ白になり、何も見えなくなった。

私は壁に右手をあてて自分の体を支えた。今聞いた東北なまりの言葉が、頭の中で何度も繰り返された。

しかし、しばらくすると鼓動は収まり、落ち着きが戻ってきた。不思議であった。不安定な精神状態を制御するように心の防御機能が働きだしたようだ。湧き上がるべき悲しみは心のどこかに格納されてしまい、私は急速に冷静さを取り戻していった。

その過程で、私にはむしろ打算的な考えが湧き上がってきた。君枝の死で、私の澱んだ血のつながりは一切消え去る。麻奈美や麻奈美の両親に、そして子供たちに、君枝のことを話す必要はまったくなくなる。そう思うと、むしろ解放感のような気持ちさえ湧き上がってきた。

「すぐにそちらにうかがいます。どちらに行けばいいでしょうか」

私は八巻と会う時間と場所を決めて電話を切った。

私は気持ちを引きしめた。冷静になって対応しないといけない。葬儀が終われば、君枝の存在は過去になる。良吉と絹子が自分の中で思い出となっているように、君枝のことも一つの思い出として過去に納めることができるのだ。

会社には親戚の葬儀だと言って休暇をとった。大宮のマンションに戻り、二日分の衣類を鞄につめて、麻奈美には山形まで出張があると告げて東北新幹線に飛び乗った。

流れる景色を見ながら、良吉から君枝の存在を聞いた日のこと、君枝に会った日のことを思い出し、自分を内側から突き動かす感情が生じてくるのを待った。こういう状況下では、母を思い出して悲しみにくれることが息子としてのあるべき態度だとわかっていたので、私は人並みに母を亡くした息子の感情に身をゆだねてみたかった。

しかし悲しみも寂しさも、何の感情も湧き上がらなかった。誰にも知られずに葬儀を行うにはどうすればいいか、そんなことばかりを考えていた。

何度もトンネルをくぐり、新幹線は盛岡に着いた。盛岡駅前でタクシーを拾い、故郷に向かった。

小林病院に着いたのは午後三時であった。

小林病院は建てかえられていた。四階建ての近代的な建物になり、鉄格子は外されていた。しかし周囲を取り囲む山々の風景と病院の脇を流れる谷川のせせらぎは、高校の時、初めて見た風景と変わらない。

玄関を入ると広い待合室があった。佐伯病院の三倍の広さはあったが、壁面は白一色で殺風景であった。暖房が切れてすっかり冷え込んだ待合室の長椅子に、茶色のジャンパーを着て襟巻《えりまき》を首に巻いた小さな老人がポツンと背を丸めて一人で座っていた。

私は近づいて声をかけた。私が吐く息は白かった。

「八巻さんですか」

「タツヒコさんだね」

八巻は私を見上げた。一瞬、八巻の眼差しに怒りが宿った気がした。彼女の髪はほとんど櫛《くし》が入っていない状態で、ひどく疲れているように見えた。

「すっかり、ご無沙汰《ぶさた》してしまって……」

「遠いとこ、大変だったなあ、仕事は大丈夫か」

「ええ、なんとか」

「綾部さんの墓、荒れ放題だあ。おめのことを、町の人はあんまりよく思ってねえ」

「…………」

私は何も言うことができずに黙っていた。

受付のドアが開き、若い男性の事務職員が鍵を持って出てきた。

「それじゃあ、こちらに」

そう言われて、私と八巻は彼の後について病院の外に出て裏へ回った。「霊安室」と書かれたその部屋の前に私たちは立った。

事務職員は鍵を開け、扉を開けて電気をつけた。すぐに、救急用カートにのせられ白い布が被せられている遺体が目に入った。周囲には、精神科ではほとんど使われることのない人工呼吸器や酸素ボンベが置かれ、倉庫を兼ねていることが理解できた。

私は事務職員と八巻の後について遺体に近づいた。痩せ細った遺体であった。

「ほれ、顔さ、見てあげろ」

八巻に言われ、私は白い布を体の半分までめくった。君枝がいた。肩までの髪、閉じた目、土色をした顔。首には縄《なわ》の跡が残っていた。おそらく亡くなった時のままなのだろう。黒いワンピースにグレーの毛糸のカーディガンを着て、前のボタンは留められていた。

君枝の顔に高校時代に見た面影を探した。あの時のきつい表情はなく、穏やかな顔をしていた。細い腕は真っ直ぐ伸びたまま硬くなっている。私は、細い手に自分の手を置いた。この手に自分が抱かれていたという実感がまったくない。冷たい細い手であった。

私は白い布を元に戻した。八巻が合掌《がっしょう》した。私も手を合わせて目をつぶった。遺体を見たはずなのに、君枝が亡くなった悲しみは私には湧き上がらなかった。その白い布に被われた老人が母という実感すらなかった。

担当医師が、私たちを外来診察室に呼んだ。君枝の主治医は若い医師であった。開放病棟で過ごしていた君枝がいなくなったのは三日前、近くの神社の裏の森で首を吊っているのを警察が発見したのは昨日である。自殺と断定され、遺体は小林病院に運ばれた。担当医師は、

「自殺するような様子はなかったんですよ。すっかり幻覚や妄想も改善していました。私も信じられないのです……」

と弁解するように言葉を選んで説明した。

「君枝さんの荷物を持って帰ってもらわないといけませんので、西病棟に行ってください」

初老の外来看護師が私に告げた。

病室を訪れると、君枝のベッドは四人部屋の一番窓際にあった。ベッド脇の台には古い写真が二つ飾られていた。二つとも私の幼い頃の写真だった。おそらく、良吉が訪ねてきた時に渡したものなのだろう。

佐伯は、精神科では年に一回や二回は自殺が起きると言っていた。それは突然、予

兆もなく生じると言っていたことを思い出した。

「部屋の荷物を整理してすべて持ち帰ってほしいんですよ。そこに段ボール置きましたから」

君枝を担当していた三十代くらいの看護師が事務的な口調で私に言った。看護師が私に向ける視線には、まったく面会に来なかった息子に対する敵意がはっきりと表れていた。

君枝の使っていた古い衣類や洗面道具などを段ボールに詰めた。四十年以上入院していた割には少ない荷物であった。荷物の中から、自分で編んだと思われる男物の青いセーターが一枚出てきた。

それを見た時、初めて小さな悲しみが胸に湧き上がった。

私の表情の変化から心の内を汲み取ったのだろう。看護師は感傷的な口調で話しはじめた。

「ああ、それねえ。作業療法の時に、君枝さんが息子さんのために一生懸命編んだのよ。もう五年も前だわ」

「…………」

「きちんとしている家族ほど、会いに来てくれないのよね。綾部さんも知ってると思うけど、新しい薬が開発されて、君枝さんの病状、どんどんよくなってた。でも、よくなればよくなるほど、自分が置かれている現実を知ってつらくなるのよね。私がセーターを送ってあげましょうかと言っても首を横に振ってた」

心の中に、初めて熱い血が通いはじめた。熱い血は私に悲しみを運んできた。

君枝の持っていた五枚の写真を背広の内ポケットにしまい、君枝が編んだセーターを鞄に入れた。残りの物は八巻の家に配送する手配にした。八巻が預かっておいてくれるという。

八巻と一緒に近くの斎場《さいじょう》に電話を入れた。火葬は翌日の十一時に決まった。明日まで遺体は小林病院で預かってもらえる。病院を八巻と一緒に出た。コートを着てこなかった私の襟元から冷気が入ってきて、思わず身震いをした。西の空が夕陽に染まり、山々が黒いシルエットを作っていた。病院はすっかり山陰に包まれて周囲は暗くなった。

「明日で、全部終わりじゃな」

隣で立っている八巻は私を見上げて言った。

抑え込んでいる感情がのど元まで上がってきている。ひんやりとした故郷の空気が私の感情を刺激する。タクシーを呼び、八巻と一緒に乗った。

タクシーが港に近づくと闇の海から波の音が聞こえた。悲しみの波が再び心に押し寄せてきた。波は次第に大きくなってくる。私は、幼い頃に私の世話をしてくれた八巻という小さな老人に抱きついて泣きたい気持ちになった。そんな気持ちを悟られまいと、私は八巻の視線を避けるようにして窓の外に顔を向けていた。

タクシーは駅前に着いた。私は八巻にタクシー代を渡し、「明日はよろしくお願いします」と告げて一人で先にタクシーを降りた。私はコンビニで弁当と缶ビールとウィスキーのポケット瓶を買い、駅前のビジネスホテルに入った。

小さなビジネスホテルのロビーには誰もいなかった。チェックインを済ませ、ベッドとテレビしかない狭いシングルの部屋に入り、暖房をつけてベッドに座った。

冷えた弁当をつまみにして缶ビールとウィスキーを飲んだ。

酔いが回ってきた。部屋の鏡には自分の顔が映っていた。私は自分の顔と君枝の顔の似ている部分を探してみた。鼻筋と顎のラインは君枝のものだと思った。私は鞄の中からセーターを出してみた。ベッドの上に広げてみると、私の体型には小さかった。

胸に〝T〟と赤く刺繍《ししゅう》されていた。

——それを見た時であった。止められない激しい感情の波に襲われ、突然、涙が流れはじめた。そして君枝という女性と私には同じ血が流れていることを感じた。その血は暖かかった。でも悲しく切なかった。

そして、その時から君枝という精神障害を持つ女性は、紛《まぎ》れもない私の〝母〟になった。

母はこのセーターを私に着せたかったのだろう。セーターが編めるほど母の精神症状は改善していたのだ。私はそういったことも知らなかった。母はこの世から自分の存在を消した。私が望んでいたことを母が自ら選択してしまった。息子の幸せを守るために、母は死んだ。

激しい感情は津波のように全身を巻き込み、私は「ああ」と声をあげてセーターに顔を埋《うず》めた。そして、子供のように大声をあげて泣いた。カビくさいにおいの中に母のにおいが混ざっている気がした。

翌日、隣接する市の斎場で八巻と一緒に母を火葬にした。

葬列も花輪もない、八巻と私だけの小さな葬儀が終わった。遺骨を持って帰りたい気持ちがしたが、それが無理なことはわかっていた。

「遺骨はおらが預かっておくから、うちに寄っていけ」

八巻は、母の人生を息子に伝えたかったのだろう。私は八巻の家に案内された。八巻の家は平屋の小さな一軒家で、港から数百メートル奥に入ったところにあり、潮のにおいがした。ドアを開けるとすぐに台所だった。

奥の八畳の部屋に通され、八巻は遺骨を窓際の机に置いた。私が炬燵《こたつ》に入って狭い部屋にある段ボールや古い箪笥などを眺めていると、八巻はお茶を持ってきた。一人暮らしの元保健師は、どうやら生涯独身のようだ。八巻は四十三年間のことを話しはじめた。

「おらは君さんと同じアパートだった。おめができた時は、どうしたもんかと思った。父親が誰かもわからん。でも、君さんは喜んだ。家族ができるってなあ。んだば、君さんが仕事しておめを育てるのは無理だった。具合さ悪くなって小林病院に入院して、そのまんまだぁ。おめは綾部さんが立派に育ててくれたんで心配はいらんかった。しかし、血のつながった親子は切っても切れね」

八巻はお茶をすすった。私は何も言うことができず、窓の近くに置かれた母の遺骨を見た。

「おらは、いづか、おめが君さん引き取って一緒に住んでくれんもんかと思った。だども、おめが結婚したこと聞いて、もう無理と思うた。精神を患《わずら》ったもんは、家族の陰になる。子供が成功すればするほど、家族の中で陰になっていく。君さんもそれをわかっとった。おらも、おめには無理強《じ》いしなかった。おめが成功すれば、それはそれ、母親の幸せだぁ」

八巻は話し続けた。

「君さんは、おらによく聞いた。おめがどこで何してるってな。そのたび、東京さ行って有名な会社で働いとると言っておいた。ほれ、いつだ、精神保健法ができた年じゃ、退院だぁ、社会復帰だぁと、あん時は盛り上がった。みいんな、退院して家へ帰れると思い込んでたわ。看護師がおめの電話番号を君さんに教えたんだぁ。あん時、君さん、おめの声が聞けたと喜んでおったわ」

「八巻さん……」

私は謝りたかった。しかし、声にすることができなかった。そのまま何かを話しだせば、すべてが言い訳になる。話しだしたとたんに、三つか四つの子供のように大声で泣きだしてしまう。

八巻は炬燵から出ると、線香立てを持ってきて、母の遺骨の前に置いた。

「線香、あげんとな」

私は線香をあげて手を合わせた。

「あどは、おらがやっとく。おめは心配しねえで仕事さしろ。また、いつでもいいから、けってこい」

私は、

「必ず、近いうちに、また来ます」

と言って八巻の家を後にした。

故郷の海がもう一度見たいと思った。八巻の家から埠頭《ふとう》まで歩いた。良吉から母のことを聞いて、自転車でやってきた海がそこにあった。海岸沿いはすっかり開拓されて、酒場であった場所には新しい缶詰工場が建ち並び当時の風情はなかったが、沖合をタンカーがゆっくりと航行する風景はあの時と一緒であった。

盛岡までの電車に乗り、ボックス席に一人で座った。残雪が残る林間を電車はゆっくりと走る。峠《とうげ》を登る電車の窓のすぐ近くまで葉を落とした木々の枝が迫っていた。峠が近くなったのだろう。

粉雪が舞いはじめた。胸ポケットから五枚の写真を取り出し、裏側を見た。どの写真にも小さな字で『達彦』と書いてあった。四枚は乳児の私の写真だが、一枚の写真は若い母が私を抱いて笑っている写真であった。三十前後の母は良吉が言っていたように目鼻立ちがはっきりしていた。

両手で抱いた私に優しい視線を落とす母の顔があった。再び悲しみの波が襲ってきた。窓の外の粉雪は消えた。電車が峠を越えたのであろう。母はこの峠を越えたことがあったのだろうか、この鉄道に乗ったことがあったのだろうか。

大宮駅に着いたのは八時過ぎであった。駅前のデパートには壁面いっぱいに色鮮やかなイルミネーションが飾られ、点いたり消えたりしている。若いカップルや会社帰りの酔客で駅前広場は騒がしかった。

私は駅前のベンチに座った。幼い子供を連れた小柄な母親が目の前で荷物の整理をしている。それをボンヤリと見ていると、しばらくやめていたタバコが無性に吸いたくなった。駅の売店に行き、マイルドセブンと百円ライターを買ってベンチに戻り、一本をゆっくり吸った。そして、内ポケットから色の変色した写真を取り出した。

四十年以上、母はこの写真と一緒に、あの病院の中で私のことを思いながらずっと生活していた。ずっと私を心に置いていた。それなのに私は、母の存在を心から消していた。悲しみがまたやってきた。私は五枚の写真をセーターの入った紙袋に入れて、鞄の一番奥に隠すようにしまった。

すべてが終わった。しかし、心に空いた穴は少しも埋まらない。私は三十分ほどベンチに座り、行き交う人をしばらく眺めていた。

私は駅前の喧騒《けんそう》の中をゆっくりと歩きはじめた。東口通りを抜けて住宅街に入ると、自分のマンションが見えてきた。とりあえず、あのマンションの中では、夫、父親、婿《むこ》としての役割に自分を戻さなければいけない。

エントランスの前で深呼吸をして気持ちを整え、エレベーターに乗った。

玄関のドアを開けると、麻奈美の両親の靴があった。

「おかえりなさい。出張ごくろうさま」

麻奈美と麻奈美の母が出てきて、来客を迎える時のような笑顔で私を迎えた。二人とも揃いのピンクのエプロンをしている。

ダイニングはすっかりパーティーの雰囲気で、優理がつくった金や銀色のテープが天井から壁面に向かって流れるように飾られ、部屋全体がパーティー会場のようであった。麻奈美の両親が並んで座り、その横には祐太と優理が座っていた。テーブルの上には大きな誕生ケーキがある。私は鞄から汚れた衣類を出して洗濯機に入れた。そして、セーターと写真の入った鞄を寝室のクローゼットの奥にしまった。上着を脱いでネクタイを外して私も席についた。

「着替えたら」

「いや、とりあえず食事にしよう。みんな待っててくれたようだから」

「今日は、母の誕生日だからごちそう。美味しいワインもあるのよ」

麻奈美の母の誕生日などすっかり忘れていた。

「もう誕生日なんか嬉しくないのにねえ、タツヒコさん」

麻奈美の母は笑いながら言った。

「じゃあ、パパが帰ってきたから、乾杯しましょうね」

麻奈美は私の前にワイングラスと名前のわからない肉料理の大皿を置いた。

「サッシカイヤの九十二年ものだよ。日本じゃあまり手に入らないイタリアワインだ」

麻奈美の父はワインの栓抜《せんぬ》きを回しながら言った。慣れた手つきで栓を抜くと私のグラスにワインを注ぎ、自分のグラスにも注いだ。

「それね、父が大切にしていたワインなのよ」

ビーフサラダを家族の小皿に分けていた麻奈美が父親のほうを見て言った。

祐太はマラソン大会で十位に入ったことを自慢し、優理はダンス部の選抜選手になったことを話した。いつもは、子供たちのそうした報告に一つひとつ応えられたが、その日の私はそうした会話にも無性に苛立ちを感じた。

華やかに飾られた食卓、誕生日ケーキ、ワイングラス、これが望んでいた知的な香りのする中流階級なのか。目の前にあるすべてをぶち壊したい激しい衝動が突然湧き上がってきた。しかし、祐太や優理の笑い声がそうした気持ちを萎《な》えさせた。

ここにいる私が本当の私なのか、故郷で八巻と会っていた私が本当の私なのかわからない。とにかくアルコールに酔ってしまおうと思い、ワイングラスを持とうと手を伸ばした瞬間、麻奈美の顔が斜《なな》めに流れた。続いて祐太や優理の顔も流れはじめ、激しい目眩が襲ってきた。呼吸のリズムが合わなくなり、激しい動悸が始まった。家族の会話する声がしだいに遠く小さくなっていく。周囲と自分とが隔絶された感覚が襲ってくる。このままだと崩れてしまう。

「疲れたから、先に休むよ」

危うい感覚を悟られまいと、椅子から立ち上がり寝室に駆け込んだ。そして安定剤を取り出し、震える手で口の中に入れた。

私は、ズボンを穿いたままベッドに横になって眠りについた。

夢を見た。

母と一緒に手をつないで、夜の波止場を歩いている。母の手は暖かかった。私と母は夜空の星を見上げている。

「母さん、あの星は何て名前」

母を見上げて声をかける。

「あれはシリウスよ」

母は優しい瞳で答えた。

夜中に目が覚めた。時計は午前二時を指している。麻奈美は隣のベッドで布団を被って寝ていた。

私はダイニングに行き、缶ビールを取り出して、ダイニングチェアに座って一気に飲んだ。星を見ようと思ってベランダに出たが、夜空には何も見えなかった。何かが変わってしまったような気がする。何かを振り払うように疾走《しっそう》できた感覚、人生をリズムに乗せて走るような感覚はもうどこにもない。

九

母との別れから一ヶ月が経った。

私の気分はどんよりとした冬の雲のように重く、目に見えるすべての事物は輝きを失い、世界はモノクロ写真のように色彩を失いはじめていた。

私は佐伯にだけ、母の死を告げた。

佐伯は私の喪失感を癒すために毎週一時間、精神療法の時間をとってくれた。本来、佐伯の精神療法は一セッションで一万円の自費診療だが、佐伯は「お前は友達だ」と言い、診療費を一切受け取ろうとはしなかった。

佐伯の存在が、胸に空いた穴を少しずつ埋めてくれる。初めて心の内を理解された体験であった。佐伯に君枝のことを語るうちに、心の奥にある葛藤を意識しはじめた。佐伯とだけは心が通っている。でも今の私には佐伯しか心を許せる相手がいない。

麻奈美の両親にとって、私は申し分のない婿をやっている。また、よき夫でありよき父親でもある。それは自分で選択したことだ。会社の中で一定の地位を築いたことも確かである。しかし、それは本当に自分がやりたかったことなのだろうか。麻奈美の両親は娘家族と一緒に幸せを享受《きょうじゅ》している。私の本当の母はずっと入院生活を送っていた。私がやっていることは、血の通わない薄っぺらな家族ごっこだ。私は自分を生きているのではない。麻奈美の家族のために一片のピースとなって生きているだけだ。麻奈美や麻奈美の家族に合わせて過剰適応してきただけだ。どんなに幸せな生活を築いたところで、心の穴は埋まらない。それどころか、その穴は次第に大きくなっている。

血の通っていた母は、息子に会いたい気持ちを押し殺し、あの病棟の中で四十年も過ごした。そして息子に迷惑をかけまいと、自ら命を絶った。その母を一人で支えてきた八巻という女性をも私は無視してきた。

私の心は、もはや拭《ぬぐ》いきれない罪悪感でいっぱいになっていた。無意識に押し込めていたサバイバー・ギルトとそれに伴う感情が、佐伯の精神療法で意識化されたのだ。

しかし、こうした心の状態とは裏腹に、外の世界は否応なしに変化していく。職場では昇格の内示が正式発表となり、周囲の人たちから次々と祝いの言葉をもらった。瀬川は小柄な派遣社員とつきあいはじめていた。私は新しい仕事のために三月に三週間のドイツ出張へ行くことになった。佐伯病院に行けるのは二月末までだ。

私の気持ちは、家族との関係にも変化をもたらした。どことなく私は麻奈美との会話を避けるようになった。麻奈美の両親と一緒に食事をすることにも耐えられなくなった。今の私には、麻奈美も麻奈美の両親も、鬱陶しい存在にしか思えない。そうした私の態度から、麻奈美も何かを感じていたのであろう。

子供たちが麻奈美の両親の誘いで、コンサートに出かけた土曜日の夜であった。

私は麻奈美が作った揚げ焼きそばに、味が変わるほどウスターソースを大量にかけて食べていた。その時、緊張した面持ちで麻奈美が私の斜め前に立って口を開いた。

「あなた、何か隠しているでしょう」

動悸が始まった。

「いつも帰りは遅いし、ちっとも笑わなくなったし」

麻奈美は何かを悟ったに違いない。私は、これまで隠していた母の存在が知れたのだと思った。

「合併で、会社も大変なんだよ」

横に立つ麻奈美を見上げつつ、平静を装って言った。しかし、その次の麻奈美の言葉は思いがけないものであった。

「好きな人でもできたの」

「…………」

「避けるみたいに寝てしまうし」

私に起きた心の変化を、麻奈美はまったく違った方向に考えはじめていた。私はホッとしたが、同時に無性に怒りが湧き上がってきた。色恋事だと考えている麻奈美の思考が腹立たしくなったのだ。

「お前は、何でそんなふうにしか考えられないんだ」

私は拳でテーブルを思いきり叩いた。

「あなた、この前の出張。山形に行ったんじゃないでしょ。あなたが泊まったホテル、岩手でしょ。クレジットの請求、岩手のホテルよ。いったい誰と行ったのよ」

麻奈美は私の怒りに反応して、ヒステリックに詰問《きつもん》しだした。

「誰と行ったのよ！　この前の派遣社員？」

「いったい何を言ってるんだ」

「これ」

麻奈美は心を決めていたような態度で、エプロンのポケットから私の携帯電話を取り出しダイニングテーブルの上に置いた。麻奈美は私の携帯を見たのだ。麻奈美は携帯の受信履歴の画面を出すと、私に画面を突き出して、強い口調で言った。

「前から気になってたんだけど、この八巻って人はいったい誰？　岩手の女じゃないの？　しかも頻繁に最近電話しているじゃない」

嫉妬《しっと》に狂った女くさい顔になった麻奈美の声は大きくなった。

「お前、人の携帯を勝手に見るな！」

麻奈美を怒鳴った。

「やましいことがあるからでしょ！　いいわよ、今、この人に電話して聞いてあげる！」

心が崩れた。

私は、テーブルから立ち上がって携帯電話をもぎ取ると、麻奈美の髪の毛を鷲《わし》づかみにして、そのまま床になぎ倒した。

「何するのよ」

髪が乱れた麻奈美は泣き叫んだ。

「その人は、そんな人じゃない！」

そう言い残して私は家を飛び出した。いっそ好きな女ができたと言って私が家から出ていけばいい。私が家からいなくなればいい。私は駅へ向かって歩いた。

麻奈美は私の内なる葛藤を理解しない。いや、私のような境遇を理解するためのヒナ型が心にないのだ。今の家には、私の気持ちを理解する人は一人もいない。私は麻奈美が作った世界の一片にすぎない。

私の足は〝ムーンチャイルド〟に向かっていた。穴のような店、あの店の中に、また隠れたい。激しいギターのリフとドラムのリズムに身を預けたいと思った。しかし店は閉まっていた。

しかたなく私は夜の公園に向かった。公園内の小道には、一定の間隔で明かりが点いている。いつもは駅から家に向かって歩く小道を逆に歩いた。風が枝を揺らし、冷たい空気が頬にあたった。

しばらく歩くと、夏にホームレスが寝ていたベンチがあった。私はそこに座り、街灯やビル街が放つ灯《あか》りで青白くなっている南の夜空を見た。薄明るい都会の夜空。しばらく夜空を眺めていると、かすかだが、しっかりと輝きを放つ星が一つ見えた。

シリウスであった。

母はあの星になったのであろう。母の星に行きたい。母が自分を呼んでいる。

八巻に会って、母のことをもっと聞きたい。自分が幼かった時の母の様子を聞きたい。母の苦悩や葛藤を一人で抱えていた八巻の心中を聞きたい。

いつ遺骨を取りに行けばいいのだろうか。八巻がいなくなったらどうしたらいいのか。墓はどうすればいいのか。

仕事も家族も捨てて、あの故郷の海に一人で戻りたいと思った。都会で築き上げた家庭、課長という役職、すべてが中身のない空疎な世界の事物のように感じた。

母のところに行くためにはどうすればよいのだろう。

命を絶てば、母のところに行けるのだろうか――

私はベンチを立った。そして砂利道を家に向かってとぼとぼと歩きはじめた。

仕事も家族も、もう何もかもどうでもよかった。

胸の穴は、一生、埋まることはないような気がした。こんな気分でこれから生きていくのなら、いっそ母のもとへ行ったほうがいい。

人通りの多い通りに出た。買い物帰りの家族連れが何組か歩いていた。無声映画のように目に映る世界が動いている。私の心から現実感が抜け落ち、過去と現在を行ったり来たり漂流している。

その時、聞き慣れた声が後ろから聞こえてきた。

「あれ、パパだよ」

「本当だぁ」

祐太と優理だった。コンサートから帰ってきたのだ。二人の声が私の気持ちを現実に引き戻した。

「コンサートはよかったか」

優理に訊いた。

「うん、でも途中で寝ちゃったの」

優理は笑いながら答えた。

私は二人を連れて何事もなかったように帰宅した。麻奈美はいくらか腫《は》れぼったい目をしてはいたが、何事もなかったように子供たちとともに私をも出迎えた。子供たちの前で夫婦の揉め事を起こすようなことを麻奈美はしない。

あの日以来、麻奈美は八巻について何も訊こうとしなかった。体験したことのない私の怒りに触れ、麻奈美は何かを悟ったのかもしれない。

佐伯病院を訪ねる最後の日がやってきた。

午後四時、院長室のドアを叩いた。椅子に座った佐伯は机に足を上げて英語の論文を読んでいた。私は佐伯の近くに立ち、静かに言った。

「今日で最後です。いろいろとお世話になりました」

「母親のことは整理がついたのか」

座ったままの佐伯は、私に顔を向けて言った。

「ええ、少しは……」

「お前とは、長いつきあいだった」

「新しい担当者が来週から来ます」

「そうか……」

佐伯は論文を机の上に投げて立ち上がると、窓際にゆっくりと歩いていった。突然、部屋全体が明るくなった。西日が射し込んできたのだ。沈みかけている太陽が佐伯の彫りの深い横顔を照らし出した。病棟を見ながら、佐伯は顔の傷に左手をあてて上から下に一回なぞり、覚悟したような口調で話しはじめた。

「この傷な、闘争の傷だとか、機動隊にやられたとか、若い連中は好き勝手なことを言う。そうじゃない。この傷をつけたのは俺の母親だ。そして今も、あそこに入院している」

佐伯は正面にある病棟を指さして言った。そしてしばらく、その病棟を無言で見ていた。そこは人格荒廃の進んだ患者が長く生活している高齢者病棟であった。この時、佐伯がこの病院に赴任した本当の理由を私は理解した。

「上着を脱いで、これを着ろ。白衣さえ着てれば、見かけは老《ふ》けた研修医だ。今から病棟を回診するからついてこい。最後に病棟を見せてやる」

佐伯は白衣を私に投げた。私は上着を脱いで白衣を着た。

「なあに、こうして院長がちょっと顔出すだけで患者は喜ぶんだよ」

私は佐伯の後について歩いて行った。自分より十センチ背が低い佐伯が大きく見える。階段を下り、中庭を抜け、西病棟のドアの鍵を開けて急性期病棟に入った。うずくまっている患者、天井を見て何も言わずに歩いている患者、さまざまな患者がいた。ナースステーションに行くと看護師が三人と安田副院長、それに新しい研修医がいた。

「ごくろうさまです」

佐伯を見るとカルテを書きながら安田が言った。そして驚くような眼差しを私に向けた。

「最後に、現場を見ておいてもらおうと思ってな」

佐伯が言った。

突然ドアが開いて一人の男性患者が入ってきて、

「盗んだ俺の金を返せよ」

と怒鳴りはじめた。男性看護師が、

「はいはい、わかったわかった、預かっているだけだって。明日渡すから大丈夫だよ」

と制して、ナースステーションから男性患者を外に出した。

「綾部さん、びっくりしてるんでしょう」

カルテを書きながら安田は笑った。

ナースステーションを出て病室に挟まれた廊下を歩く。何人かの患者たちが声をかけてきた。私にも頭を下げていく。

「こんにちは」

「院長先生、回診ごくろうさま」

「院長先生、正月に外泊できますか？」

前屈《かが》みで歩いてきた中年の男性患者が言った。

「まあ、そう焦るな」

佐伯は答えた。

佐伯と私は急性期病棟から回復期病棟に向かった。回復期病棟には若い患者が多かった。部屋の中では男女の患者がトランプをして歓声をあげていた。食堂にある大きなテレビの前に数人の患者が座って映画を見ていた。

「今は、昔のように長期入院はさせない。すぐに帰すようにしている。新薬が出て、回復スピードが速くなった」

佐伯は私の肩をポンと叩いた。

「よし、次に行こう」

高齢者病棟に入った。廊下ですれ違う患者の多くは表情の乏《とぼ》しい高齢者ばかりだ。ある者は独り言をぶつぶつ言いながら廊下を行ったり来たりし、ある者は廊下の隅にうずくまっていた。ナースステーションに入ると、背の高い若い看護師が一人だけいた。

「問題はなかったか」

「三号の内山さんが発熱してますが、赤坂先生に薬を出してもらいました」

「当直は誰だ」

「工藤先生です」

「また、四号に寄っていくから」

「ごくろうさまです」

看護師は深々と頭を下げた。

佐伯は四号病室に入った。ベッドが四つある。二人の患者は布団を頭から被り、横になっていた。部屋の奥のベッドに小さな老人がいて、背中をこちらに向けて座っている。老人の髪は肩まであり、上下の黒いスウェットを着ている。近くに行くと独り言が聞こえてきた。

「なんでだい。あんたが悪いんだよ……」

「ばかやろう……」

誰もいないのに何かに向かって文句を言っている。佐伯と私が近くに寄っても、窓の外を見続け、空に向かって文句は続いた。彼女は何十年もこの窓から空だけを見ていたのであろうか。

「おーい、かあさあん、元気かあ」

佐伯は顔を彼女の耳の近くに持っていき、両手で口を囲んでスピーカーのようにして、わざとらしく大きな声で言った。その人が佐伯の母親であった。

患者は一瞬佐伯の顔を見たが、窓の外に視線を移すと独り言を続けた。

「じゃあ、明日また来るよお」

大きな声でもう一度声をかけた。

「じゃ、行こう」

高齢者病棟から再び中庭に出た。中庭では若い患者がキャッチボールをし、花壇の前では数人の年老いた患者と職員が花壇の手入れをしていた。

「母への償いの気持ちだ。ま、自己満足だがな。一日一回、声かけしてる。あっちは、俺が誰だか、もうわからん。すっかり妄想の世界に入ってしまった」

佐伯は高齢者病棟の建物を振り向きながら言った。

私と佐伯は、中庭の回廊をゆっくりと歩いた。

デイケア病棟の一階にあるホールに入る。小さな体育館のような造りで、卓球をやっている患者もいれば、一人で舞踏している患者もいる。佐伯は誇らしげに言った。

「ここはうちの自慢のデイホールだ」

舞踏に見入っていると、アコースティックギターの音色がホールの奥から聞こえてきた。近くに寄ると、若い男二人がギターとベースで音合わせをしていた。その横のギタースタンドには、ギブソンのギターが立てかけてあった。聞き入っていると、佐伯が言った。

「この二人、結構上手《うま》いだろ。レクリエーション療法で演奏してるんだ。退院前に一度だけバンド演奏をやることになってる」

たしかに、患者とは思えないほどよい音が出ていた。ギターのリズムもいいし、ベースの音もしっかり出ていた。佐伯は思い出したように言った。

「そうだ綾部、お前、ドラムやると言ってたよな。最後だから、ちょっと叩いてあげてくれよ」

「ここにはドラムがあるんですか」

「あるある。ここには何でもある」

佐伯はホールの奥の倉庫に私を案内した。バレーボールや野球のグローブが入ったカゴや段ボールに囲まれ、一組のドラムセットが無造作に置かれていた。スネア、シンバル、ハイハット、バスドラという最低限の構成だが形は整っていた。患者の家族が寄贈したのだという。病院では季節ごとにさまざまな行事を行う。花見会、納涼祭、クリスマス会、新年会など。入院している患者たちに、少しでも季節感を体験してもらい、感情を刺激するといった治療的意味があるという。

「おい、ドラムのプロが叩いてくれるぞ」

佐伯は二人の患者に私を紹介した。二人は顔を見合わせた。

「綾部です、製薬会社に勤めてます」

「加藤です」

ギターの若い患者が握手してきた。加藤は二十前後であろう。長髪でコットンのパンツに黒のジャケットを着て、両耳にはピアスをしていた。

「神田です」

ジーンズに青いジャンパーを着た、三十代くらいのベースが挨拶した。二人は回復期病棟にいる患者で、春には退院が決まっていると佐伯は話した。

「ほーら、やってきたぞ、バンドリーダーだ」と佐伯は言った。その視線の先には、黒いジーンズに赤いニットを着ている赤坂がいた。

「音、またよくなったんじゃない」

赤坂は加藤に微笑んで、馴れた手つきでギブソンのギターを肩にかけると音を素早く合わせ、十六ビートのストロークを弾いた。私は白衣を脱ぎ、彼らの後ろに座り、簡単なリズムを叩いてみた。ドラムスティックを握ったのは、大学のＯＢ会でスタジオを借りきって、どんちゃん騒ぎした時以来だから七年ぶりだ。思ったより音は出た。即席のバンドができあがった。

「じゃあ、綾部さんが入ったから、ちょっと音出してみようよ」

赤坂が言うと、加藤がメジャーセブンスの曲を弾き出した。何度か演奏を繰り返しているうちに、曲の進行が頭に入り、ドラムは簡単に曲に乗った。ドラムスティックを振り上げ、シンバルとスネアを叩く。赤坂のボーカルに加藤がコーラスをのせる。バンドの音が完成されていくにつれ、患者たちが大勢デイホールに集まってきた。一番前で「加藤君がんばってえ」と声を出す若い女性患者がいた。彼女は夏に緊急入院した、あの痩せた少女であった。

この中には、母と同じ病気の人がいるはずだ。しかし、小林病院で体験した感情はここにはない。皆、暖かい目をして笑っている。母と初めて会った時のことが思い出された。あの時、母の目はこの人たちと同じような暖かい目をしていたのだ。母の態度を頑《かたく》なにさせたのは、私が母に向けた視線なのだ。心にあった母を排斥《はいせき》したい気持ちが母を傷つけたのだと思うと無性に悲しくなった。

中年の女性患者がタオルを私に差し出してくれた。私はそのタオルで汗を拭くふりをして涙を拭いた。


一時間ほどで即興のライブ演奏が終わった。

佐伯と私はデイホールから再び中庭に出た。周囲はもう薄暗くなり、中庭を照らす明かりが点《とも》った。冷たい風が襟口から入り込んでくる。私は佐伯と一緒にベンチに座った。佐伯は白衣のポケットからキャビンを取り出した。足元の落ち葉を靴で払いのけて灰を落とす場所をつくり、一服すると話しはじめた。

「俺は、安田講堂の中で死を覚悟した。俺を玉砕《ぎょくさい》覚悟の行動に向かわせたのは、発病した母への思いだ。サバイバー・ギルトを、破壊的行動で消し去ろうとしていた。長いこと彷徨っていたよ。結局、俺は母と一緒にいたかった。それに気づいたのは四十を過ぎてからだ」

足下の落ち葉が風で舞い上がった。冷えた空気が一瞬、私を故郷の風景に引き戻し、母の顔が脳裏をよぎった。

佐伯の後について院長室に戻った。

佐伯は脱いだ白衣をハンガーに掛けた。私も白衣を脱いで佐伯に返した。

「また、いつでも相談に来い」

私の前に立った佐伯は右手を差し出しながら言った。佐伯の眼差しは暖かかった。

「院長先生……」

佐伯の手を両手で握った時、大きな悲しみが体を包んだ。思わず私は佐伯の肩に顔をうずめた。佐伯は私の背中を抱いた。溢れる涙が頬を伝う。幼い頃、同じように慰められたことが何度もあった。悲しい時、つらい時、寂しい時、こんなふうに抱いてくれたのは良吉であり、絹子であった。

「ありがとうございました」

私は深々と頭を下げて院長室を出た。

すっかり暗くなった道を、私は駅へ向かって歩いていく。

佐伯は母親のいる病院を引き受け、そして仕事を続けている。

ずっと、置いてきたままだった――

息子の気持ちを悟るように、母は本当に自分で命を絶った。母の気持ちに報いることとは何なのか。それは今の家族を守っていくことなのか。置いてきた過去を家族に話すことなのか。それが自分にできる時がくるのだろうか。麻奈美は私の気持ちをわかってくれるのだろうか。

死して息子の幸せを願う――そんなことがあるのか。

いや、それが母親というものなのか。

私は南の夜空にシリウスを探した。

〈了〉

本作はフィクションです。

著者プロフィール
藤村 邦（ふじむら くに）
医師。
精神医療に20年以上従事。
５年前から経験を題材にした小説を書きはじめる。

星の息子 サバイバー・ギルト

2009年７月15日　初版第１刷発行

著　者　藤村 邦
発行者　瓜谷 綱延
発行所　株式会社文芸社
〒160-0022　東京都新宿区新宿１－10－１
電話　03-5369-3060（編集）
03-5369-2299（販売）

印刷所　神谷印刷株式会社

ISBN978-4-286-06856-5